情史失踪者

A Missing Man in Love Story

阿乙

译林出版社

尽量多地表现

目录

对人世的怀念

1

在距离自己过世还有十四年的那个早上，辰时，我的祖父穿着雨靴，从我们这个姓世居的湾里来到一里外的阮家堰。“来了啊三爷，进屋里坐。”医生汉友那腰折背驼的妻子连玉，看着停在路口的我的祖父说。毛毛细雨飘刮在他身上。一头白色的瘦猪和一头黑色的同样瘦的猪在门前菜地里反复拱着，它们的皮松松垮垮，身上的软毛被雨水冲洗成一缕缕的。“反正该扯的菜都扯完了。”连玉只是在冷淡地陈述一个事实。连玉的头发细、稀且黄，眼窝通红，常年要搽眼膏，皮肤有银屑病，脖子后隆起一块馒头大的肿瘤。这样的人不像是我们这个姓的种。有时我们这些小孩聚集时，总有一人站出来严肃地重申：“这个女人只是汉友医生的一具标本啊。”这是对异乡来的小学教师的模仿。

“汉友在屋不？”祖父问。

对我们来说，“阮”这个姓罕见而遥远，到今天我们看见它，仍然只会想到民国那位说过“人言可畏”的影星以及越南人。然而在距我们村庄一里处，就有这么一块地方叫“阮家堰”。起名遵循的是通例，和张家坝、何家畈、范家铺一样。我推测是严重的饥馑使之绝户，也就是说人死绝了，徒然留下一个地名。不会是因为战乱，战争不会深入到这里，这里是价值极低的世界尽头。我一度以为，从行政规划上说，湾里是世界尽头——先是有一个地球，接着有洲、国，国之南端有对着首都延颈长叹的外省人，省之僻远处有市，市下有县，县之僻远处有乡，去乡政府最远处有村，去村委会最远处又有村民小组，湾里就隶属于这第六村民小组（少见行客过此，偶有摇拨浪鼓的贩子汉来，也不过是来觅取蝇利）——但在我的记忆循着祖父迟疑的步伐来到阮家堰时，我才猛醒，从湾里走还是有地方可下的。汉友和他的妻子连玉是被放逐到此地的，因为他是入赘到我们这个姓来的。所谓“赘”，多余也。赘婿，如人疣赘，是剩余物也。除开派出所和卫生局负责登记的人，谁也不知道他姓什么，这种不知道完全是因为漠然。他应该出生在几十里地内，然而也没人想知道他究竟来自哪里。他得到我们这个姓最难打发出去的女人。河水流经阮家堰，河水之南，有一村落唤作“文甫”（疑为“文府”），文甫也将一户人家放逐过来。还有一户我怎么也记不起来。总之他们三家比邻，一字排开，建造出同样规模同样贫寒也同样傲气的房屋（那淡黄色的土屋背对我们九源乡，面朝另一个乡的荒山），相互接济着生活在阮家堰。还有可能，阮家堰的“阮”字是记载错误，可能是“袁”。但袁姓说起来也遥远，虽然在一个县，使用的却是不同的方言。

汉友是我们这些孩子十几年的噩梦。甚至直到今天，我们均已成人，有的年过四十，撞见即使是雪鬓霜毛、龙钟潦倒的他，仍会胆战心惊。他的脸色白而黄，像鼓皮紧闷着，身上有股牲畜的味道。在那张四方脸上，眉骨高耸，鼻梁尖而挺，下巴颏儿留着一圈青色的胡楂子。他很少用眼神去表达什么，嘴唇常年紧扣，来到我们湾里，仍须有人引路。他不愿或者说拒绝记忆谁家在哪里、谁家不在哪里，以报复这个村子对他的疏远。有一次，我们这个姓的一位长者站在稻田中央，挥舞着镰刀问他：“你为什么要替别的乡的人看病呢？”汉友停驻于原地，明显是经过思考和掂量，说：“你的意思是你要照顾我一天的吃喝？”他完全可以说“唉，您瞧景况是一天不如一天了”，过去他就是这么说的，但在这一天他不知怎么就泄露了自己的怒气。像是被银枪的枪尖顶住咽喉，长者眼睁睁看着他走回阮家堰。天下头号千古逆贼，长者回到湾里后给他下了结论，罪不容诛。更多时，汉友像是我们口中传说的野兽，只要不去惹他，就不会拿你怎样。其实即使是招惹了，他也不会拿你怎样。虽则在灵魂深处藏着那比谁都要强的自尊，但来自生活的无奈早已教给他怎么办。不是吗？每个人都知道应该怎么办，为了在这世上经济、平稳地活下去，就得让自己窝囊点。我们这些孩子一直不怕生病，独独怕随之而来的他。每当我们那自作多情的父母面色凝重地对视，我们就知道完了。完了完了，汉友要来了。有时没有病，即使只是撞见，我们也会在撞见的那一瞬全身发僵，不敢呼吸。我们全身心地沉浸在恐惧中，像是羊明白了自己大限将至。作为上天派来杀害我们的人，汉友总是当着我们的面忠心耿耿地执行着自己的使命：摁开搭扣，揭开因暴晒和雨水浸润而变得扭曲的医药箱的盖子，从中寻出针头和注射液，将液体吸入针筒，而后弹弹，使眼泪般的液体从针尖冒出来。而我们的父母像屠宰者的助手，紧按住我们，好让他高举起长长的针尖，扎进我们的臀部，直至扎中骨面。拔针带来的痛苦不亚于进针。事了时，他总是将一小团棉花丢向我们僵硬的屁股。

“在啊。”腰折背驼的连玉艰难地朝自己家望了望。

“在就好，他今天不出去？”我的祖父说。

“出去做什么？”

这时，天气阴冷，一天还没开始仿佛就结束了。到处都湿透了，路面、地衣、通往菜地的青石板、枝杈、枝杈上的关节以及处于阮家堰北侧约三十米的低矮坟山，全都湿透了，让人感到格外消沉、遭孽。坟山葬着我们这个姓所有死去的人，无论多穷的人，死去后，都会获得一块不输给祖先的漆黑的墓碑，直到它被岁月消耗，变成一块灰白色的石板，字迹难辨。“有时他们整夜整夜地在开会。”在去湾里借用像篦子这样的必需品时，连玉会这样向我们这个姓的女眷倾诉。她的话是值得信赖的，因为我们都知道自己这个姓的人不学、傲慢而好辩。“你这里比咱们那里要冷好多啊，咱们那儿靠着大山，好歹挡住了风，你这里没什么挡的。”我的祖父这样向连玉描述他仿佛是首次到访的阮家堰。言罢，他来到那蒙了层油纸的窗户前，透过漏洞，猥琐地看向室内。汉友低头坐在床沿，双手端着一本页面发黄的医书看。不时地，他舔一下手指，翻动书页。一张缺了一条腿的课桌贴着墙立着，上有一尊绘有两朵粉色牡丹花的瓷壶。和那些就着壶嘴仰头痛饮的粗鲁人不同，汉友总是将壶内的水倒进碗内，端起来慢慢地喝。每当汉友要在页边做些批注时，总会捡起那支失去笔帽的钢笔，连甩四五下直至甩出水来。桌上尚有由村委会发放的可安两节电池供医生夜行用的手电（那电珠是我们最想走大人那里盗取的器物，我们用导线将之与电池连接，使之发光）、几朵干枯的金银花、早已发霉的一根香烟以及一瓶碘酒。黑色的医药箱放在潮湿的地面上。我那带着一死了之决心的祖父还在这个上午看到这些人间的证物：

挂在堂屋墙上的秤、锯子、草帽及发黑的斗笠；

房梁上由绩蛛拉成的丝网；

只盖住箩筐筐底的一层干瘪的稻谷。另一只箩筐一只角漏了，用干草堵塞着；

墙上贴的两位愿为明主执鞭坠镫的伟大人物：秦叔宝和尉迟恭，以及一张奖状；

墙角生的能刮下来当火药的白硝；

倚在墙上的虾捞子；

高悬于堂屋最上让小孩和老鼠望尘莫及的一块留给过年用的拳头大的腊肉；

餐桌上放着的煤油灯和用来保存热食的腰筒；

由我的伯公制作的灯笼一只（伯公为我们这个姓的每个小孩都制作了一只灯笼并赠红烛一支，他的慈悲也泽及阮家堰）；

等等。

还有，根据那阴冷沉重的臊气能想象到卧房门背后的尿桶尚未担走。我的祖父没有惊动自修的医生，转过身来，看着门前翻倒的两只小凳子。它们分别刻了名字，是汉友的两个孩子在宣告对它们的所有权。“你坐哟。”连玉说。得到这样的授权，我的祖父拣取其中一只，用手抹抹，到檐廊最边上坐下。那地方还有鸡距刨出的痕迹，但是至少有两年没有鸡了。祖父做事总是这样，让人不明白他做的名义。有一年他在耕田，忽然弃了牛，一身泥浆地走向小学，透过窗户一间间地看，老师问他，他只作不知。回家吃饭时，等一家人到齐了，他才说：“我看来看去，还是要算我们家老柱长得最为好看。”现如今他就这样面朝着墙，背对菜地，在人家屋檐下笔直坐着，右手不时在裤兜内探索。等到他确信连玉已经在专心驱赶其中一头可能是邻居家的猪时，才将那包裹着小半块鸭肉的油纸袋从裤兜里掏出来。他缓慢、审慎、仔细地啃着手中的鸭肉，有时是撕扯，不曾漏过一个细节。有一小块掉在地上，它小得几近是肉泥，然而他还是伸出食指，将它粘起来，瞧瞧，吃掉了。这是走一只板鸭身上切下来的，有四分之一那么大，昨晚上焯熟过两遍，今早又煮了两个钟头。他一刻也不停止地吃。甚至可以说为了故意吃慢点，他克服了很大的心焦。吃的时候，他的小臂一直在颤抖。一捆细柴掉在泥地的声音惊动了祖父。他试图将鸭肉包回油纸袋并塞进裤兜，但已经来不及了。他侧首，看见连玉去抱那捆打湿的柴薪。她的灵魂一点也不羡慕这块鸭肉，然而眼睛却一直盯着，死死盯着，即使是在这弯腰的过程中。为了抚慰她的痛苦，祖父找了些闲话。“我不知道自己还有多少年要活。”祖父说。过了一会儿又说：“啊呀，平生最难吃的就是猪婆肉了，难嚼得要死，再也不能吃了，自打八二年吃过一回，我就再也没吃过，就是放酱油也没吃头。”他眼前的女人连走也走不动了，直到她找到一句稳当的话来：

“要吃在哪里不能吃，非要在我门前吃。”

我的祖父面红耳赤，他听见那女人对着悠悠然走远的黑猪继续说：“吃到我门前了。”要过好一会儿，他才能从这羞愧的情绪中摆脱出来。因为虑及一种可怕的结局，他像是被什么攫住，突然呼吸不过来。他扶着墙，喘息着说：“我感到口渴，这会儿特别口渴，我怕是要渴死了，你快些救我，连玉。”

“水缸有的是水，任凭你喝，喝多少都没关系。”连玉说。

于是我那大汗淋漓同时脸色蜡白的祖父迈入灶间，抓起铁瓢，舀了一大瓢水咕咚咕咚地喝起来。他这么喝的时候，眼睛睁大，看着水里晃动的光影。真他娘的干净、清凉，真他娘的甜咧，他这样痛痛快快地喝了一瓢又一瓢，直到感觉体内的毒素被稀释了个干净。“喝饱了，”他说，“铁瓢沿都要把我的嘴角割出血了。”

连玉并不理他，她需要想办法弄出一家的午餐。“有时候我真想做鬼，真想做鬼啊。”她隔着墙，对那在阴暗光线下看书的丈夫说。我的祖父重回到屋檐下，权衡了好一会儿，抖抖衣袖，继续去啃那已然不多的鸭肉。肥而不腻哉。这回是沉重的吞吸声惊动了他。先是一个人在吞痰，接着另一个在吞，像是在各自咽下一块石头。汉友的两个孩子，一个叫本立，一个叫道生，穿着他们父亲缝有大块补丁的衣裳，提着冒着残烟的火笼，站在屋前。他们在河坝上掘了一个洞穴，试图烧出炭来，然而一无所获。多年后我在北京看见道生，作为被雇佣的保安，他穿着带毛领的藏青色棉服，在我们小区待了三个月。他总是低首看手机，灵魂被手机深深控制住了。春节过后业主们归来时，他消失了。他的兄长没上完小学便死了，有一日汉友回家，在路边的泉水那里看见他的尸体。是溺死的。水有半尺深，水面的薄冰一碰就碎，人扑在结霜的地上。太渴了太渴了爸爸我太渴了，在将他的尸体翻过来后，汉友仿佛听见他还在说。现在，他们就像我祖父在荒野上遇见的两匹狼，流着尺余长的口水，完全凭原始的情感，盯着他们母亲曾死死盯住的只应在梦境出现的禽肉。祖父将它塞回裤兜，他们便将视线抬起来望我祖父。“这个只准我吃啊，你们不能吃。”祖父说。接着又说：“不是不给你们吃，是你们吃不得，懂吗？吃不得。”然而这阻挡不了他们的步步进逼。

“过去，过去。”祖父一边移动身体，一边去掸他们。然而他们还是抓住我的祖父，是的，抓住。说逮捕也可以。祖父将鸭腿举向空中，像举火炬，他们各自抱住祖父的一边大腿，下嘴，啃起来。你不给我吃鸭子的肉我就吃你的肉，我想这是他们的态度。祖父捺着他们仰起的脸，一个个地捺，捺了很久，方将他们捺下去。可这并不算完。他们一言不发，跳下檐廊，在雨地寻来寻去。先是捡了块石头，嫌小，又捡了一块大的，有半块砖那么大，举着就朝祖父走来，大约离了三四米远，扔过来。一人扔完，另一人接着扔。我的祖父跳起来。这时，汉友恰好出来，他找准两个孩子中的一个，一巴掌扇去。好像山那边都有回响。孩子陀螺一样转了半圈，鼻血飞溅。汉友说："不是你的东西，你想它干什么。"他的另一个孩子吓得魂飞魄散，不住地点头。然后汉友转过身来，和和气气地说："三爷您来做什么？"

"不做什么。"祖父说。

汉友看了会儿雨，咬紧腮帮，捡起医药箱就要走进雨里。祖父看起来有些焦急，说："你这是要出门吗？"

"是啊，去燕窝周家。"汉友说。

"非得要去吗？"

"非得要去，还是要打一针。"

"几时回呢？"

“说不清楚。”

“不去不行吗？下了雨。”

“非得要去。”

“那是得去。”我的祖父细声应和，然后像条狗跟上这乡村医生。路上，他询问对方拿到乡村医生证书没有，汉友说拿到了，全县一共一百五十五人拿到。祖父试图解释自己来阮家堰的缘由。“只是，只是，只是……”他变得口齿不利。“就别说了三爷，有什么好说的，我求您别说了。”汉友说。行至岔口时，已能闻到湾里人家烧树根的气味，祖父找不到随行的理由，不得不作别。汉友还要往东走一里多，过木桥，上坡，再南行一里左右，才能到达燕窝周家。他脚蹬草鞋，头戴斗笠，肩披蓑衣，一只手紧抓着黑色箱子的皮带，身体前倾，在细雨中疾行。仿佛是因为省却了要和祖父说话的义务，他走得极为专注，不一会儿就走到坝上，身影像是古代的一名刺客。

祖父一边张望，一边感喟：毕竟以救死扶伤为天职，不是坐视不管的人。回家后，祖父早早偃卧在床，掖好被子，静等那人人都要碰见的熟人（等候他的召唤）。在这悲伤的过程中，他命令我的祖母换上来一床塞了新棉的被子。次日清晨，他将剩余四分之三的板鸭煮熟，看看时间差不多，来到阮家堰外的那条马路，在路边蹲下，将鸭肉默默吃完，而后原地休息两个钟头，方返家。

天气好的时候，人们就会看见我们家二层楼上——那可是我们村第一幢两层楼房，青砖筑成——挂着一排傲人的板鸭。在阳光的照耀下，它们栽下长长的脖子，那通体明亮的黄色像是涂刷而成，实则是油从皮下分泌出来。明晃晃的油就像细密的汗珠从皮下分泌出来，泛着淫荡的光。祖父夜以继日地制作它们。先是用开水浸泡拔毛，接着放血、掏干内脏，接着抹盐，接着用篾条撑开鸭子的腹腔。鸭子一直微闭着眼。祖父想到它们排着队回家那摇摇摆摆、憨态可掬的模样，想到将它们养育大的辛苦历程，禁不住潸然泪下。一个下午啊，全部死了。

雨停时——也许应该叫雨歇——我那顶职的父亲从十七公里外的横港药店归来。他看到祖父蹲在门前独享板鸭，怒气冲天，将载重自行车朝地上一掼，伸出手就骂："傻东西，还吃，是要把自己吃死吗？"

"怎么可能吃死呢，我把内脏都剔除干净了的。"

"那毒药早已随血液去了鸭子全身，去了肌肉和皮肤那里，连毛都有毒，懂吗？你怎么这么糊涂，不只停留在内脏你都不知道吗？"父亲说。

"主要还不是在内脏，其他地方有也不多，毒不死人。"

"毒死就迟了，你这个傻东西，我还没见过比你更傻的傻东西，你一个人傻也就罢了，莫把那些孩子也给带傻了，鸭子都毒得死，毒不死人？剩下的都在哪里？”

我的父亲一脚踹开大门，大踏步走进家，跃上楼梯，不一会儿楼板传来焦躁的脚步声。按照他的心意，他要找到这些鸭子，一只只扔下来，全部焚化。我的祖父眼噙泪花，慢腾腾跟进来，说：“我吃的时候也是慢慢吃，先吃一小块，一天吃一小块，人没有事就再多吃一点，循序渐进地吃。一开始吃的时候，我还去汉友那里，我要是出事，汉友还不开药救我？”

“汉友那点技术能救你？要洗胃的你知道吗？”父亲说。

祖父只能跟祖母说：“你看我还不是没死，再说吃死了也是我的事。我吃死自己还不行吗？”

“行，一万个行。”我的祖母说。然后这个小脚女人在楼下一路追着她那震怒的儿子的脚步，不停问：“松啊松啊，你中午要吃什么？”

2

祖父用了很多语言、很多种方式来形容他在连玉门前自觉要死的那一瞬，然而并没有形容清楚。或许是他形容之时，我年齿尚小，对他的话还无法理解。多年过后，在我三十三岁时，死亡侵蚀我身，我开始体验到当初祖父所拥有的恐惧：就像是被鬼那龌龊的长手给狠狠摸了一把（鬼爪里隐含着墨绿色的发潮的污垢）。电光石火间，闪电间，人突然离开自己所惯于活动的世界，来到一处真空（或者说一处乳白色、不曾摆放任何器皿与家具、没有任何边线、令人压抑的房间），独自面对下一秒就将死亡（至少是昏厥）的事实。灵魂和肉身被紧紧箍住，人动弹不得，连战栗这样可以舒缓恐慌情绪或者说转移视线的动作都不曾有。适才还在的友人、同道以及同为人类的陌生人，一下变得遥远而模糊，潮水一般撤离你的视野，带着他们惊恐的神情。谁也救不了你啊，你感到羞耻和痛苦，没有一个人能救你。也许妈妈可以，可妈妈在万里之外的天空下，正浑然不知地骑着车。

我一般待在原地，等这要命的时刻过去，等自己喘过气来。我很难向那还在做着手头事情的周围人解释："我刚从另一个空间归来。"他们中，五个人中会有一个人，指出我的脸色极为苍白。

3

"是阿乙吗？"在帝京下雪前，我接到这样一个电话，这是对方第二次打电话来。第一次约在三个月前，当时我很吃惊他为何会致电于我，这可是我们人生中第一次通电话呢。当时，对他的暗示，我给予清晰的答复，当然我说的也是事实：我已有两年未上班，而且一直病着。这样啊，我听见他的长叹。然后他安慰我颇多。

“我真没想到你还记得我，还将我的电话号码存在手机里，真的是很感谢呢。”他接着说，“这样，是这样，自从上次打电话后，啊，是这样，真是巧啊，你说巧不巧，我们竟然在杭州遇见了，我当时正好要回到超市去取小票，这不就在人行横道上遇见你，还是你将我认出来，我很感激你的善意，你竟然还记得我。是这样，嗯，要怎么说呢，你的病现在怎样了？上次听你说似乎还不太明朗，医生现在怎么说？是这样啊，那还是要注意休养，休养好了才有身体，话说身体才是人唯一的本钱。你看病一定花了不少钱，现在看病简直是朝贪吃的巨兽嘴里投食，投一分折一分，投十分折十分，有多少家业都折得完。是这样的，你可要保重身体啊。嗯嗯，我不知道该不该说，要是你不同意呢，就当我什么也没说。是这样的。是这样，好治吗？”

忽然，他仿佛战胜不了自己，挂掉了电话。

4

我站在河边。河坝宽约一米，长着稀疏的绿草和一些油亮的地衣，中有一条光秃的小径，雨水自上边不停歇地淌下来。雨水来得急而痛快，雨丝泛着光在眼前密集地下。我想起斯拉夫尼科娃对之的形容：就像纷纷落网的小鱼。远处，田地间有一块黄绿色的池塘（颜色浑浊而黏稠），荷叶漂浮于上，雨点在水面打出一朵朵令人恍惚的水花。朝北望，老家那儿，原本有人烟处，如今只剩破瓦断垣，包括我祖父兴建的二层楼房。失踪多年的疯子赤裸着脊背，在砖土间专注地翻拣。野兔般大的耗子窜来窜去。往西北方向望去，就是我们这个姓的坟山，黛色的云朵飘移于山顶，松树和竹林淋得湿漉漉的，繁华似乎才刚刚开始。

一位戴斗笠并穿藏青色褂子的汉子走阮家堰方向行来，路过我时，并未抬头，说："你回来了啊？"

"是啊。"我说。

"你是政加爷的孙子吧，听声气一点也听不出来。"

"是啊，我是政加的孙子。"

对话并未减缓他步行的速度。顷刻间，他已甩离我十几米远。我以为他要过桥（起先，在十米宽的河面上建的是木桥，木桥被洪水击毁后全村集资建了混凝土桥，旋又被毁。如今在歪斜的桥墩上随便搭着钢筋外露的预制板），可望去时，人已从大地消失。我坐在湿草上，继续望那相对于这个世界来说只是井底的故乡，直到身后传来窸窸窣窣的声响。老细哥，我的堂兄，一位前中学教师，叼着一根狗尾草，趿拉着布鞋，没穿袜子，沿河坝走来，裤脚沾满黄泥，裤子被淋得透湿，肩上则披着他因癌症死去的父亲遗留的过气的西服。“是老柱呗？”他探下手来摸我，眼里射出亲热的光芒。“几多时冇看见你哟，有好多时，你怎么胖成这样呢？比我以先见到的你不晓得胖多少，啊呀你怎么胖成这样呢？”他接着说。

他的吃惊我见过一千遍。这样的惊诧掺杂着百分之五十的真诚，另百分之五十是水。对类似问题我回答过一千遍。我从精神上感到疲累，倒不是因为腻味了，而是自觉被一种沉重的负担压迫着，因为一旦解释起来就无休无止。有时，在解释前，因为想到整个过程的艰苦，我还会深呼吸一番。

——是因为吃激素啊（先是吃泼尼松片，后见无效，改吃甲泼尼龙片）。

——为何吃激素啊？

——是因为得了一种免疫系统的怪病。

——啊，这是什么病？

——是一种慢性的、进行性的疾病，直到二〇一〇年，国际权威医学杂志才宣布它诞生。好像是一家英国的杂志。

——病叫什么？

——IgG4。

——怎么写？

——IgG4。

——那它有什么症状呢？

——对全身各个脏器都有影响，多数人表现在胰腺出问题，我的是肺受累。

——肺怎样了？

——切下拇指大一块来化验，灰白灰白的，弥漫性病变，密密麻麻的。

——这样啊。

——是啊。

我总是努力回答对方的疑问。我曾见一人，三度询我为何胖了，我也三度告知。今日，我照例回答老细哥，然而不知为何，鼻子猛然一酸，像是刚吃了芥末。幸而我们是背对着坐下。“还是跟小田吗？北京的那个。”他说。

“不是。”

“听说你找了个外国女友。”

“你听谁说的？”

“是不是有这回事？”

“早分了。”

然后他说见到我真是开心之至，这些年他跟那些老人家根本就没法交谈。“就像两个物种，你懂吗？老柱。”他说。他说话，特别是在陈述一件事时，于结尾处，总会发出一声“嗐”的感慨，辅之以挥臂的动作。这是他在给自己打气，给自己一些支持。里边既有骄傲，又有忸怩，说是自负，也有些虚弱。话说老细哥可是我们这个姓里最热情的青年，总是双手插进裤兜，腋下夹一根教鞭，仰着胸脯，走向他要去的地方。他在这个雨天，在河边，跟我讲他见到的仙女，说她就走我们这小小的盆地飞过去，很低很低，像野雉那么低，都能看见在风的吹动下猎猎作响的水绿色的裙袍，上边沾了不少尘垢，料子也很旧。女子有如落群之雁，左手向天空探去，右手伸在尾后，独自飞行，因为想到顷刻就要回到那仪仗华美的群体中，禁不住起了笑靥，仿佛已和她们在一起嬉闹呢。“就是这会儿，她注意到我，就像我坏了她的风景，好恶，瞟了我一眼，整张脸就挂了下来。”老细哥说。

“鼻翼边长了颗大痣，牙齿像是吃了烟，有些黄。”他接着遗憾地说。然后他唱了几句Beyond的歌。我没有向他讲一名赌徒的故事：赌徒打电话来分明是要借钱，却始终羞于启齿。雨真热啊，像尿一样的热，老细哥一边感喟一边沉沉睡去。对我那些需要接应的话，起初每一句他都应以一个“嗯”字，后来好几句了，才应一下，最后声音消失，取而代之的是细微的鼾声。我心中升起一股类似母爱的慈悲，想给他再盖件衣裳，又怕惊扰他的好梦。他正靠着我的背熟睡呢。于是我也睡了。我醒来是因为后背空了。老细哥已然不见，河坝上遗留他到来和离去的履痕。我想他还不知道自己已经死了吧。二〇一〇年十月，他搭乘便车死于车祸。他大概还不知道自己的颈部业已折弯，目眦尽裂，头发上指，像是极愤怒的样子，舌头也被门牙钉穿，整个人就像一只惊悚的被拗断的关节人偶或者在田间垂首的稻草人。

虫蛀的外乡人

在这个以两姓命名的村庄里，出了一件大家试图掩盖，然而注定无法掩盖的事。就像以前大队的干部在五更的河水里倒下消灭钉螺的药，大鱼小鱼纷纷躺尸水面。他们以为只要自己不出声，这一河的水产就归了他们。然而纸里包不住火。有人出来解手看见异常，小声叫了自家几个兄弟，兄弟的媳妇又叫来娘家的人，于是不足半小时，沿水六村都听到消息。河里挤满拎水桶与端着簸箕的人（有的扛着虾捞子），连水草都捞干净了。虾米，以及石缝间不足十厘米长的塘鳢鱼也被捡光了。自此三年无鱼。

此番，半痴呆人四占踌躇满志去红梅家借鱼头剪时，望见家住十八公里外洪家铺的姑爹穿着雨靴，从马路尽头忧心忡忡地走来。大概是走良田村下了中巴车，活活走来的，一路上应该没少向拦停他问候的人喟叹。本村像姑爹这一辈的人，姑爹妻子（也就是姑婆）的兄弟，分几十年死完了，因此姑爹有时被当成他们这一代老人最后的代表，还是有一定说话权的。姑爹来到本村，说明这件相互叮嘱不要说出去的事已经传到十八公里外。

我就不信他不想活下去，四占想，我就不信，还有人不想活下去。

四占常被红梅使唤做事，然而她应允的好处从不兑现。“这点忙也不帮？找你借把剪头也不愿意？”一推开门四占就说。当时红梅正撇开孩子，举着装饰了涡卷的有把手的镜子，反复端详自己。“你说什么我没听明白。”她说。接着她又说：“看起来我们都不用死了，是吧？”

“那还用说。”

“不死真好，要是我能再年轻点就好了。”

不过，她没什么不满意的。所有人都没什么不满意的，虽然有的人从这件事上获利要多一点，有的人则要少一点，但从根本上看，大家都得到了，不是吗？得到再也无法结束的日子。这是一次惠及每个人的分成。“要得啊，有这样就可以了。”四占说。他推开门，然而人始终站在外边。他接着喟叹：“我没想到你连把剪头都不愿意借。”

“谁说不愿借，你有说‘嫂，借我把剪头吧’吗？你说都没说。”

“我现在说。”

"晚了，我家的剪头有些不经事了。"

"就知道你这样说，我就知道你准是不乐意的。人们说得对，你借人家东西易，人家借你东西难。"

"你去找德喜家借吧，他家的剪头锋利。"

"怎么个锋利法？"

"德喜的嬷嬷用剪头挑粽子绳，一用力，剪头戳瞎了右边的眼睛。"

"这个我知道，你没嫁过来我就知道了，德喜不好说话。"

"我就好说话啊？对了，你一个大男人要剪头干吗？你要借剪头干吗去？"

"不借就拉倒，不要啰唆，我发誓。"

"你发誓什么，四占？"

"我发誓这是我最后一次求你。"

四占的哥哥，双占，屋建在通往祖堂屋的途中。四占路过时取了他搁在门前的磨刀石，就在路边水沟处磨起剪刀来，直磨得刃口雪白。拿指头一擦，便出现一道火辣辣的伤口。在祖堂屋内，老贼被反绑着，脑袋沉重地垂下，还不知道自己将要遭受什么样的惩罚呢。

此时，四占眼中的姑爹已走到河边。姑爹在此处停下，努力分辨着村背后绵延起伏呈锯齿状的山峰，以及缓慢飘移的青霭。飞泉像一匹白练挂在碧绿的山峰前。姑爹撴了撴竹棍，晃晃双膝，支棱起耳朵，静听河水上游的方向。四眺之内，有股灾难将至的寂静。有一年，时光也是如此寂静，山峰的倒影随着河水荡漾，他捻着狗尾草，看着归来省亲的妻子替她卧床的二嫂洗被褥。洗衣石上传来枯燥的揉搓的声响。忽然，他滚下去将她扯上岸来。“硬只有几秒钟，你说吓人不吓人，就像楼倒了，轰隆一声，洪水从上面冲过来，将被单什么的都席卷走了。”后来他总是这样说。

“一张桌子底朝着天在里边打转。”姑婆补充道。

这一回，姑爹等候很久，并没等到预料中的场面，不过后来他还是将强烈的不安告诉了奄奄待毙的老贼。他感觉空气显得极为鼓胀，像是有很多远方的空气被挤压到这里。兴许有越来越多像蛆虫一样互相挤着的人类，那赤条条、饥饿、有如蝗虫般疯狂而无情的人类，就要从河水隐没的上游，从道路的转折处，冲撞过来，塞满整个乡间。“他们长着獠牙。”他说。

“你说的都是对的。”老贼说。

“不要拿剪头去干坏事。”路过不幸的建君家时，四占想起红梅交代的话。怎么可能是做坏事呢，我这是去为民除害，四占想。建君家外墙上还贴着幼儿看图识字挂图，窗户新近拿砖头堵严实了，已听不见夫妻二人相对抽泣的声响。最初，老贼在相隔不到二十四小时的时间内先后夺走了他们两个孩子——希瑞和希曼——的生命，在不得不面对这样一种被剥夺得一无所有的现实时，他们疯了，像唱戏一样挺身大哭。他们一人拖着一具尸体，沿着村庄，去每家每户门前示威。“这是生命啊，这就像你们家的孩子一样，也是生命啊。”他说。

“他不是一条狗。”他的妻子补充道。

他们有时在哭泣途中猛然停下，像梦醒过来不知身在何处一样，惊慌地望向两边。接着他们打了一个寒噤，绝望地看着怀中只剩下一堆毫无意义的重量的孩子。他们的哭泣让一部分血气方刚的青年无法安然待在家里。如果是一个也就罢了，一弄弄两个；弄死两个也就罢了，这家弄死一个，那家弄死一个，偏偏走一家弄死两个。你让人家怎么活？他们焦躁地走来走去，最终在怒火的驱使下，互相招呼，提着钉耙、锄头、猎枪、朴刀、棕绳、铁链、网兜，盲目地走向山林，去干一件可能是前无古人，或者说在古人那里也可能只是存在于臆想中的事。出于恐惧（整个县内都出现了“收小不收老”的谣言），村庄里剩下的男人也带足干粮，加入到这一荒谬的行动中。让人意外的是，是啊，在欢快的小狗们的努力下，他们一个上午就发现了老贼的行踪，并将之逮住。当他从洞穴里爬出来时，一只乌鸫长啸一声飞走，像是报信而去。奔跑时，老东西慌不择路，几次都是压着弯下去的幼树跨过去的，锋利的荆棘划破他的脸及裸露的双腿。他跑得如此狼狈，然而人们却记得，在踮足准备逃亡前，他停在那里扣紧最后一枚纽扣。他穿的是一件在过去只有陆军军官学校教官才穿的深蓝色制式呢料礼服，很厚，跑起来有如负重；下身则只着一件发皱的紫色内裤。人们大呼小叫，分几路包抄过去。很快，老人家就为自己疏忽大意没预见到，或者说已预见到却轻信能够避免这场灾祸而付出了代价。在他跑进一处转角时，四占突然闪出，双手一推，将他推进原本留给野兽的陷阱。四占跟着跳下去，骑乘着，捺住他，不停捶打，直到打出屎来。后来很多人回想起来时，都被那堆粪便所拥有的凄凉气味弄得很难受。他们还算公平地感慨，他虽说拥有对人们生杀予夺的权力，过的却是风餐露宿、两袖清风的生活。这样的生活或者说工作，对事主而言，不如说是一种繁重的折磨。

“我骑着他，把两边大胯都骑热了。”占据四占记忆的则是老东西背上的一把瘦骨。这么老的人朝着骑着他的后生拱来拱去，几次差点将对方拱翻。后来四占抠着他的下颌骨，将他拖出陷阱。人们将他的四肢系在一起，从中穿过去一根长棍，像扛着一头不住呻吟的野猪那样将他扛回村。村里人倾巢而出。面对这些朝前拥来对他进行恫吓并真的拧他掐他的人，老贼惊惶不已，自从被解下来后，他就开始发抖。有时他会偷眼看一下人们，然而又很快低下头去。人们从他愕然的脸色里看出，这兴许是他第一次经历此事。他显得那么可怜那么衰老那么孤立，让人无法想象他手里攒着上亿的人命。他裤裆内满是臊气，那是一种卧床多年的男老人才有的淋漓不止的臊气。在他的内裤前方，不时有一两滴新鲜的尿液渗出来，又自行干掉。早在山上的时候，四占就敲落了老贼那根弯曲、尖锐、坚硬似鹰喙的长指甲。四占将这枚指甲拿回去后放在盒子里，和豪猪刺、远方的鹦鹉螺等稀物放在一起收藏。

如今，希瑞和希曼躺在一对石槽中，那原本是他们做石匠的父亲打给县博物馆的。他们薄而透明的眼皮紧紧包裹着玻璃球一样凸出的眼球，颈部有一道极长的隆起的伤口，涂抹着茄紫色的碘酒。那正是由老贼的长指甲划出来的。死者全身发白，那是一种像是被煺毛并被滚水浇过一遍的死狗的苍白，尸身尚未发硬，遑论腐败发臭。

老贼被吊在十字架上，仿照耶稣受难的姿势，双手打横张开，双腿叠在一起，只不过古时是用铁钉将四肢钉在原木上的，如今只是用尼龙索捆紧。老贼的脑袋栽着，发红的头皮上飘拂着最后几缕银发。蠛蠓就聚集在他头顶上方。来自上游村落的女疯子文金荣正用抽纸小心擦拭着他遍体的伤痕。像是剪刀剪开或者铁铧犁开的一样，那些创口翻绽得厉害。金荣一用力，老货的身体便痉挛一下。起码有一个团的苍蝇，不倦地飞来飞去，一千次地被赶走，一千次地返回。地上有一团浸泡着白发、牙齿以及用坏的火机的血污。根据这些凄惨的现状，以及来之前同龄人不无炫耀的讲述，四占大概清楚老贼都受到了什么样的惩罚。花样可谓千奇百怪，手段可谓推陈出新。四占掐着指头计算：

起先他应该是被悬空吊着，有人助跑十几米，去飞踹他；

应该有人反复推起他的身体，使他荡来荡去如空中飞人；

应该有人剥下柳枝的皮，不停抽打他；

应该有人反复掴他耳光；

应该有人对着他练习拳击；

应该有人蘸湿毛巾，又将它拧干，反复抽打他；

应该有人用筷子猛戳他的腹部；

应该有人用石块磕落他幸存的牙齿；

应该有人烧光他的腿毛、腋毛，以及长在乳头上的长毛；

应该有人以烟头烫他的乳头；

应该有人照着他的脚板心涂抹蜂蜜，引来小狗吮舔；

应该有人往他身上涂抹糖汁，招惹爬行的蚂蚁；

应该有人用牙签插他的指甲缝，多余的则撑着他的眼皮，不让他睡觉；

应该有人尝试将木桩的尖部打进他的肛门，因为屎太多而作罢；

应该有人牵来接线板，对他施以电击。

在祖堂屋西侧的墙根旁，支着一口大黑铁锅，下边燃烧着柴火，锅里烧着水。老贼那打过补丁的制服被剥下，挂在墙上，肩章上缀着黄色的流苏。四占想起行前那些人讲述怎样审问老贼——

“什么感受？”拿裸线触他的人问。

“像是被人走后脑勺重重打了一棒，还有耳鼓像是听到打雷，猛然一下。”老贼说。

“你们那里有没有电？”

“没有。”

“你姓什么？”

“我姓秦。”

“我这样打你、戳你，还要插你的屁眼，你能拿我怎样？”

“我不能拿你怎样。”

“你一定要拿我怎样。”

“我不敢。”

“不敢也要敢。”

“那我就把你罚在阴山，永为饿鬼。”

“过开，过开。”四占对矮小的文金荣说。文金荣是老上访户，她正叫唤着“亲爷，亲爷”（有时她也叫对方“好伯”），痛惜地擦拭老贼的伤口。在她身边放着一竹篮的祭品，有焯熟的肘子、闭合着眼的剥过毛的死鸡、腌鱼、米饭，以及碰伤了的皱皮苹果。她曾搬来石头，踩在上边，摇摇晃晃地，尝试用匙子挖米饭给他吃，只见他反复吞吸着双唇（就像在收缩屁眼），最后张嘴吐出一口掺着自己的血以及他人精液的口水，摇摇头。“吃烟呗？”她取出一支烟，叼在自己嘴里，点燃，吸着了，然后塞进老贼嘴里。他试图用已经没有一颗牙齿的牙床夹住它，以酬报她的好意，然而又因为想到什么，猛然将它吐到地上。他很委屈，也很生气，根本没办法安抚。她反身看着越走越近的四占，对他示意。她在全县都是出了名的，几乎将全部积蓄花在出门旅行上，为的只是替门前三棵结果甚多的枣子树讨个说法。她疑心是村干部趁她外出时砍倒它们的，因此去报案，派出所以没有证据为由不予处理。她为此上访近二十年，去了能去的各级部门。现在，文金荣在老贼面前点着一对大烛、九炷香，开始下跪作揖。“本县贪官是畜生哪，我跟他们说理，他们却将我送进精神病院哪。”她一边倾诉，一边擤那已阻遏不止的鼻水。而老贼则全然沉浸在自己不可破解的痛苦里。有时他会让上肢用力，以使下肢得到片刻休息，不久便因为上肢过于酸胀而不得不让下肢重新着力。他无法将背部靠在长满毛刺的原木上，而且即使能靠住，也不利于肺部呼吸。

“我叫你死开呢。”四占抓起文氏的提篮，一把扔向门外，又踢起她来。

“你知道吗？我们屋下的勋恭米饭不进，已经准备死了，家里孝布也扯了，可是这两日又活过来，一个人放牛去了。”文金荣说。

“滚，叫你滚呢。”

眼瞅着她走远，四占闩上门，感受到一种即将一个人秘密去干一件事的兴奋与踏实。两扇门各由六块油松木料拼接而成，几乎没有缝隙能透光，而且材质很厚。两边侧门也闩好了。堂上供着祖先的灵牌，一侧摆着请来的太岁，是个似笑非笑、结满网丝的木偶，眼睛画得很大。四占扯过红布盖住这偶像的头。如此这般，四占才走到老贼那儿，踩着石头，端起后者耷垂的下巴，使他面对自己。老者的这张脸像是被白蚁蛀过，坑坑洼洼，残缺不全，鼻子是狮子鼻，寄生着许多螨虫，牙床仍然在流血，喉结则大得出奇。他努力睁开眼，茫然地看了一眼四占。四占从裤兜里抽出剪刀，就在他耳旁凭空剪起来。那是一对招风耳，很快就灵敏地分辨出在耳边嚓嚓作响的东西是什么。他几乎在一瞬间苏醒过来，汗水像汤汁自发丝源源不断地分泌出来，坠向地面。

四占跳下石头，用剪刀尖在老贼的上身划出一道弯弯曲曲的白线，然而又不出血。老东西低瞅着，眼球几乎鼓出眼眶。而后四占一把扯下他的短裤，让它挂在脚踝上。一股类似化肥的臊气，像拳头，一拳打在四占的鼻尖上。“戳你姨的瘪，这么骚。”四占说，用剪刀打了一下对方那起码有十八厘米长、龟头已然灰白的阳物。老者试图用双腿夹住它，然而还是被四占揪了出来。四占左手扯着它，右手握剪，张开刀口。老头呜咽起来，含糊地说着什么，眼泪不时像婴儿那样涌出眼眶。

“你说什么？”四占问。

“我说我求求你。”老贼说。

“说大点声音，我听不见。”

“我说求求你，”老贼喊起来，“求求你求求你，我求求你啊。”

“你也知道求人啊，我们当时求你，你怎么不理呢。”

“我求求你啊。”

“叫爸爸。”

“爸爸。”

“叫爸爸也没用。”

言罢，四占低头，清楚地一剪。那东西猛然掉在地上，像泥鳅一样极为有力地翻跳了一下，沾了一身灰。老贼身体猛然打直，嘶嘶嘶地连吸十几口气，又嗤嗤嗤地朝外排气，像是被滚水烫着了。接着他整个身体不受控制地前后左右晃动起来，他晃动得是如此激烈，以至于身后的十字架也跟着摇摆起来。不一会儿，他的一双脚便完全从绳索的束缚中摆脱出来了。四占扶住十字架。大概痉挛了四五分钟，老汉才消停下来。他尽最大可能凑下身来，看向地面，确信看见的就是自己身体内不可分割的一部分后，禁不住老泪纵横，拿后脑勺去撞木架。

“别撞。”四占举着血淋淋的鱼头剪，在他眼前晃来晃去。老汉沉默下来，悄悄将一双脚塞回那绳套中。乖，就该这样听话，四占去太岁身前的香炉内取来一抔灰，抹在老者那像没关紧的水龙头一样不停冒血的残根上，给他止了血。

“你预测的都是对的，那时候人豕不分，蜂拥而至。”后来，老贼对姑爹说。姑爹是沿着流淌清水的小港走向祖堂屋的。他拄着竹棍，每走一步，膝盖便打软一次。他总感觉自己随时要瘫痪下去。“我还好，我看你姑婆今年是要走人啊。”他总是这样对人说。他的两个儿子一个七十二岁，一个六十九岁，像虚度年华的太子，带着不能即位的怨恨，沉默寡言地活着。傍晚的气息分外潮湿、浑浊，姑爹快要走到小港尽头时，被水流中拥挤的鱼群惊呆了。全部是尺把长的鱼类那漆黑的脊背。因为一只有猫那么大的凶残的老鼠跳进来，它们尝试在彼此的身体间挤出一条路来，有的试图飞起来。姑爹看着它们拼命朝河道游去，却在直径零点七米的水泥涵管那里挤得严严实实，再也无法动弹。

村里人拎着渔具，呼喊着冲向河里，据说发现了扁担长的鲤仙。它跳到两边倾斜的岸上，在水泥道上蹦跳七八次，才重新蹦回河里，溅起极大的水花。到处是繁衍过剩的气息。原先自有节奏、唱唱停停的虫鸣声，如今密集得针插不进，水泼不进。到处是它们不歇气儿的聒噪，人们的耳朵与心灵无法从中觅到一处躲避的场所。这种吱吱吱有如直线一直进行下去的噪音，就像原本立在桌面的麦克风倒了，从此发出刺耳的使人发疯的声响。还有稻谷，在夜色中密密匝匝，几乎可以托住一个小女孩，估计亩产十数万斤。“上一次出现这种情况，还要说到五几年的‘大跃进’。”姑爹说。

祖堂屋的门太厚，姑爹双手推不动，后来是侧着肩顶开的。

他拍打着双手，用昏花的两眼巡视良久，才在一处墙角找到被囚禁于此的老贼。这是他生平第一次看见神仙。后者正痛苦地扭动身体以摆脱沾附其上的群蝇。姑爹仓促地用右手拍打左袖，用左手拍打右袖，先撤右脚，再撤左脚，跪下，头贴于地面，屁股撅得老高，说："微臣救驾来迟，罪该万死。"那老货望见，一时涕泗交颐，泣不成声。姑爹见此，膝行过去，抱住对方两腿也号啕起来。君臣相对哭了一刻钟，才停息下来。姑爹看见老贼那被剪断的生殖器（此时就像被剪断的猪尾，只剩一点尾椎骨直挺挺地留在外边），以及这具肉身上遍布的人类留下的兽行的痕迹，禁不住怒气填胸。他操着竹棍，走到堂前，将其妻这一门姓氏所供奉的祖先灵牌全部打倒。见到大铁锅下的火还在烧，便端起大锅两边的把儿，将一锅滚水倾在地上。"你们实在是太过分了，过分得出奇，你们还要把他煮熟分着吃了吗？亏你们想得出来。"姑爹朝着门外大骂。

随后姑爹从老皮革兜子里翻出一条干燥的长裤来。他就要将短裤从老贼的脚踝拉上去时，后者说，你稍稍等下，还得让一下。姑爹让开。于是老贼解了小手。那有一下没一下（"还有一下。"老贼说。）的尿液从残留的尿道喷出来，就像水从旋转浇水器里飞出来，一飞就是一大片。这样淋了一腿，都是姑爹替他抹干的。"你预测的都是对的，说的都是对的。"在两人谈话时，老贼说。根据他的说法，那时候人已不成为人，而只是一群还没长上毛（但必然会长上，而且会越长越茂密，越长越硬）的野豕，整天唯一能做的事便是找吃的。也好像不是他们要去找吃的，而只是因为肠胃饥馑，不得不去找。一旦吃饱了，他们便躺在原地休息。

“这就是永生的代价。”老贼说。

“诚然。”姑爹回应道。

“以先人类有过一次永生的经历。上帝正是被他们渴望永生的愿望感召，取消了死刑。然而不久（我说的这个“不久”也就是三四百年），他们就觉得没办法胜任长寿。最典型也是最极端的一个例子是：有一个在腐坏过程中获得永生的人，不得不忍受蛆蝇一代代地在自己身体内孵化，蛆壳每隔半年便在他身边堆得有坟丘那么高。因为羞惭，这些无法忍受长寿的人类，又向上帝提出了一个古怪的要求。”

“什么要求？”姑爹问。

“变为石头。”老贼说。他指示姑爹看天井下的石槽、鹅卵石，以及塞在墙罅的石块，声称它们曾经是一个个疲倦不堪的灵魂。“他们要求变为石头的决心，和他们当初要求长生不死的决心一样巨大。他们集体来到山顶，趴在地上，用手足刨出一堆堆土，哭着要上帝将他们变成石头。上帝同意了。”

三天之后，姑爹将在人们此起彼伏的声讨声中完成老贼曾对他实施、如今他要对人们实施的宣教。即使你们没有经历过，但只要用脑子想想，也可以推断得出来，长生不死不是什么好事，姑爹说，不死的人到最后连火都不生，就是用手抓一些老鼠蚁子吃，饮水就像牛羊一样趴在水沟旁，身上长满莓苔，你们知道吗？就像铁铧生满锈。整日的就是睡觉。三天之后，根据自然规律，姑爹死亡了。

在诱骗（也许不能这样说）姑爹释放自己之前，狡猾的老贼说："说起来，我也不过是一个执行者，我并不愿意干这个营生，可总得有人来干，是不？这一回，我本想勾走两个小孩里大一点的那个，勾完才知道勾错了，所以我重新将另一个也勾走了。我知道我犯了错，但我希望人类能和我捐弃这点小嫌弃。"姑爹给他穿上一双洗了几十年以至于颜色发白的解放鞋，给他拔上鞋帮，交代他不要跑得太急。姑爹平素只穿草鞋。老贼是走侧门遁入山林的。

那种引而不发的天气持续很久后，终于在傍晚以暴雨的形式表现出来。就只是一两下掣霍[1]，雨便像蛮族马队似的驰来，

1 方言，意为"闪电"。

地面出现一盏盏水泡。人们沉浸在那相互感染的由占了极大便宜所带来的兴奋情绪中，扶住头上顶着或一边肩部扛着的盛满水产的提篮、簸箕或蛇皮袋，尖叫着朝家中跑去。在那里，内眷已打着手电，好让他们将鱼虾倒进圆肚大缸内。

"够吃好几年了。"在分别时，他们对还在小跑的同伴说。

"可不是嘛。"

而那些行动不便、正坐在檐下抽烟的老人问："河里还有没？"

"有，怎么没有，有的是。"

此时，姑爹坐在祖堂屋高大的门槛上，抱着一边膝盖骨。一旁，烛泪弯弯曲曲、层层叠叠结成一团。在他眼前，是一团水雾，那些水分时常飘刮到他脸上，有时也会浇熄烛火。他总是用快没用的火机，费力地重新点燃它。烛火根本照明不了什么。兴许姑爹是想通过反复点燃它（反复做这件事）来躲避心中的害怕，毕竟他刚刚干了一件吃里扒外的事：将死神放跑了。他拢起嘴唇，长长地嘘气。他感到后悔的是，在放跑死神之前，他没有问对方，自己还能活多久。死神跑得是那么快，几乎是鱼跃着扎进密集的野竹林，竹叶晃动几下，便恢复了平静。

一直等到雨停，姑爹才等到这个村庄的主人们。他们早已洗好澡，还喝了点小酒。他们穿着干燥的衣裤，走向在他们心目中还关押着老贼的祖堂屋。每逢有人加入他们的队伍，他们便伸出手掌，和对方击掌。他们中的小林老师往后将久久回味这个傍晚的一个细节——在他出发去祖堂屋前，妻子忧伤地对他说："瞧您，又长了几根白头发。"他察觉到一种变化重新返回到人的身上。姑爹看到他们三三两两走来时，扶着门槛站起来，随后两只手又摸向身后的大门。"我说话还有用没？你们还把我这个老人当数吗？"他说。他们没理他，两手一推大门，后者吱吱作响，自己就开了。"你是谁呀，是广稀屋里的和平吗？我眼睛看不清楚啊。"姑爹继续说，并去抓和平的胳膊，被后者粗鲁地推开。

后来，体重不到四十公斤的姑爹被四五个愤怒的青年抓起四肢，嘿喳嗬喳，给扔到四五米外的泥水田里了。"你怎么不去死啊，你这样一把年纪怎么不早点去死啊，你吃我们的喝我们的，到最后还要害我们，你怎么不去死啊姑爹。"正是那些跟他最亲的人，追过来，一边抠起田里的泥块掷向他，一边咬牙切齿地骂。姑爹呢，好像从这种惩罚里感受到对方的宽容大量，禁不住伸出双手，接住泥团，将它们涂抹在脸上。

"我真想一锄——"这个村的主事者，也可以说是这次抓捕行动的领导者，长在，在祖堂屋内走来走去，不时以拳头捶击墙壁。好些个人不敢相信这样的事实，非要亲手去抓那空空如也的绳套。而有几人又对迫不及待要上阵的狗们吹起了口哨，可是雨水早已浇灭死神逃遁的气息，小狗根本跑不起来。"我真想一锄头打死你，真想。”四占走出来，以他惯有的结巴声调将长在的意思传达给姑爹。

过了一会儿，长在想起什么，又怒火冲天地喊：

“你妈瘪的是谁值班的，是谁他妈瘪的脱了岗的？”

他这样喊的时候，听说消息的建国（他可是本村有史以来最为公认的好人）恰已跑过来。他跪在全村人面前，像经文里说的疯子一样，一会儿拔胡子，一会儿用力打脸，还把衣服扯破。“我该死，我对不住你们，我原以为他已经被铐牢了，你们现在就处死我吧。”众人反而沉默下来。怎么说呢，建国是这样的人，他并不是要来表演什么，等下不去劝止，他就一定会将自己弄死。

因为结果无法挽回，愤怒最后演变为一股病菌般易感的悲伤。大家红着眼，相对号啕，就像都喝醉了，烂醉如泥。长在是这样说的：“狗再也追不到他，我们再也追不到了，现在不是我们追他了，而是他一个个地来追我们了。”至于向来有乐观主义精神的几位小学老师，则凑在一起，用草根画来画去，评定这件事的历史意义。“何其伟大哟，堪称丰功伟业，怕是岳飞杨六郎呼延庆也不可能办成这样的事，却被我们办成了，然而办成又叫我们自己毁掉了。”友伦老师是这样说的。

“痛心疾首啊。”英淼老师说。

作家的敌人

靠已经获得的荣誉安度晚年。

——爱伦·坡《辛格姆·鲍勃先生的文学生涯》

年轻人就坐在那儿。那是由当代艺术家狗崽设计的公园椅，隐喻着徐萍家的沙龙性质。平时，他们将它拖到牌桌旁，当茶船用。今日，年轻人就坐在上边，一只手搭在象牙色的扶手上。从手臂上可怕的瘢痕可以推算出，或许有一天他曾真的将什么心血投诸大火，然后急着去捞取。这只手捉着一只用红色绸带系着的只值几十元的烟斗（烟熄了很久）。左手的两根指头按压住腹部，暗示那里藏有宿疾。一双腿穿着滴过不少油水的牛仔裤，显得过于寒瘦，上身则穿枣色的保暖内衣，外面罩一件不知是谁馈赠的雪氅。

每个人进来时，都瞟了眼这怪物。简直是从菜市场拎回来的火鸡。他们将外衣放进衣帽间，用眼神交流着对此人的看法。而那看起来有四五十岁的年轻人，想必已度过初期的尴尬，正一劳永逸地摆着不卑不亢的姿势，坐在那里，只有手在微微颤抖，也许这是由严重的营养不良引起的。在一次采访中，一名类似的文学献身者透露了自己的食谱：

早餐：法式软面包四枚合计80克、即冲咖啡一杯合计150毫升；

午餐：法式软面包两枚合计40克；

晚餐：法式软面包三枚合计60克、纯牛奶一盒合计250毫升。

面包是成袋采购回来的，纯牛奶则请小超市的人整箱送上来（需要热食的话就再添一箱方便面）。受访者说频繁吃面包是因为这样耗费的时间成本最低。从浪费时间方面说，做饭 > 出门吃饭 > 订餐 > 吃储备的干粮。“写作最忌讳被打断，有如做梦。”受访者说。在另外的报道中，我们可以了解到，南方一位获得英仕曼亚洲文学奖的作家拒绝使用手机，而在清华任教的格非教授则取消了午餐。眼下的这名年轻人似乎也是吃多了干粮，你看他嘴角的胡髭还沾着面包屑。兴许就是因为吃太多这些东西，兼之精神焦虑，他的免疫系统才坏得不成样子（看起来是这样的，他是如此苍白）。间或，他会捂住嘴咳嗽数声，然后去观看一下纸巾中的血丝。

现在，他就处在这种大作已成的虚弱状态中，自从坐下去，就再也站不起来。然而衰竭中又满是踏实。他将打印稿交给徐萍大姐，瞧着她将它一一发给那些登门来混吃的文坛中人。他等待他们坐好，一只手端起茶杯，送到唇边，吹几口放下去，然后展开那文稿。那是过去一段时间以来他焚膏继晷、废寝忘食写出的作品，就像诉讼当事人等待陪审团给出意见。

窗户朝里凸起，木质窗框用砂纸磨过数次，但未上漆。徐萍认为这种未完成的感觉更好。用的是没上色的老式平板玻璃，又薄又脆，一共两组，共分八格，供上下推拉。它们时常蒙尘，这种稍稍蒙尘的感觉也是老徐萍所要的。如今，光线自玻璃窗射入，披盖在明显感到有点冷的年轻人身上。

在接到打印稿的同时，绑架就开始了。发到陈白驹（1961—　）面前时，徐萍发现少了一份，这使陈白驹（1961—　）心里添了些被忽视的愤恨。也好，他摊开双手故作释然。当徐萍从别人手中取回一份并交给他时，他又做出一种最终没能逃脱奴役的沮丧表情。倒了血霉啊，他握着被卷成筒的文稿，掂量出应该有二十万字。二十万字，每晚夹着一泡尿水，慢慢写，慢慢改，一晚七百字，得弄多少个夜晚啊。也因此，别说是批评了，就是对它表现出一丁点冷漠，事主可能都会记恨。虽说，每一份打印稿的封面上写着的都是敬请斧正，可真要是细看，就会发现这四个字的背后藏着作者明白的态度：

奴才，来赞美吧。

对这些脆弱的写作者来说，他们写作的历程就是这样的：

——自以为是地弄出一堆文字；

——搜刮各界人士，特别是业界人士对它的赞美（最好是仰视或跪拜式的，灵魂上来点战栗之类的）。

总而言之，你表扬也得表扬，不表扬也得表扬。也因此，经常接到这类稿子的人都对废话进行了战略储备，以应付这些难缠的、歇斯底里的、疯狂的、容易记仇同时对荣耀又极为饥渴的文学界的恐怖分子，或者说上访者。现在坐在大厅一角的这位，难说不是这样。陈白驹（1961—　）最怕别人这样半死不活地瞧着自己。

陈白驹（1961—　）总是劝徐萍少招惹这些水平可疑的外省文学青年。有次一位叫蔷薇虎的即兴诗人还盗走了她的铜雕花圆盘，这是大家都瞧见了的，那么大的东西，她却让大家闭嘴，任高度近视的他将它搬出门。

这些货自命为天潢贵胄，却管教不好他们的自卑，显得特别敏感和神经质，一批批的，遮蔽得天昏地暗，日色无光，堪比蝗害，陈白驹（1961—　）这样说。

“你当初难道不是这样的吗？”徐萍说。

陈白驹（1961—　）能说什么呢。徐萍还保留着她的母性。我到这儿是来喝汤的，可不是要读什么主张道德重返的现实主义巨著，他真想这么对她说。

徐萍从故乡——南方的莲塘镇——运来一尊一米高的圆肚瓦罐，将帝京的文人培养得喜欢喝汤。说起来也没什么诀窍，就是井水（一定要是井水，他们开车去密云农村运）配上莲藕、党参、雪梨、猪肚、排骨这些食材，慢慢地炖。越是朴实无华，越是饶有韵致，相比之下，粉蒸肠、啤酒鸭、狮子头都显得粗鄙不堪。早上，陈白驹（1961— ）有条不紊地给自己打领带时，就在惦记这个。他想到，在办公室随便坐一个上午，就去徐萍家，在她家享用午餐与晚餐。徐萍的先生是醉心于山水的画家，前年经不住劝，拿出一幅画进拍卖行，事后得到的收益够徐萍买四百年的菜。

徐萍，作为两家文学杂志的前副主编，目前醉心的事情只有三样：一是给在爱尔兰留学的儿子打电话，一是发掘可能还有的文学新手（就像周雁如发现余华），还有就是做菜。说起做菜，她常自比为暗娼。来自暗娼的勾引总是深入骨髓。在她的厨房里放着天平（她是这样的，对佐料的配放一定会精确到克）。她还用笔记本记录那些常客的古怪嗜好，比如有的对花椒的接受是四颗半，有的不吃蒜，有的爱吃猪油。她细心耕耘着他们的味蕾，使他们魂不守舍，一日不见如隔三秋，像驱赶不走的老狗那样三两天就跑回到这里来。早上，陈白驹（1961— ）像往常一样离开自己鳏居多年的二居室时，想到的就是这一天的美好。卡佛的诗《一天中最好的辰光》浮现在他眼前。那时他并不能预见自己当日会像落水狗一样归来。夜晚凄惶地归来时，他记不起挽在右臂的银灰色西装丢在哪里了，应该不是在徐萍那里（价值两万多呢，当初阿姨一股脑儿将它和别的衣服一起洗了，他怒问："你洗前不看标的是吗？"结果阿姨翻出标来，显示是能洗的。他气得差点哭了）。大半个晚上，他都捏着自己的名片（上边写着他是中国小说学会理事，市作协、书协副主席，归有光文学院荣誉院长，师大文学院院长、博士生导师，《文库》杂志联合主编，袁枚奖、归有光奖、AND诗歌奖终身评委），沉浸在一种想要投缳自尽的沮丧情绪中。当他去卫生间尿尿时，发现小便淋漓不止，颇像狂风中飘刮的细雨。而镜中的自己，发根那里已白白一片。早上看还是黑的。

早上他意气风发。出门前鼓动两腮与唇部，用国外牌子的漱口水漱口，然后又在好一阵犹豫中拉开冰箱的门，伸出右手中指好好蘸了一块黄油。之所以用中指而非食指，是因为揩油的面积会大一些。"好吃极了。"陈白驹（1961— ）每回都这样，一边舔一边对着它忘情地赞叹。

两年前，或者三年前，如果没记错，陈白驹（1961— ）是见过这年轻人的。当时是在方庄的一家餐馆。说来奇怪，陈白驹（1961— ）能记得那一天的细枝末节，还是因为脏兮兮的包厢里有一个凶残的挂钟。它就像是在永恒地铡草，一边铡一边将碎掉的让人心慌的时间拨落一地。闷坏了。什么样的出价意味着什么样的就餐环境。掮客春卅像领着待售的奴隶那样将年轻人领过来。“这是两届鲁奖得主。”春卅介绍陈白驹（1961— ），然后捉起那拘谨的年轻人。他姓甚名谁，陈白驹（1961— ）已忘了，只记得春卅说：“他也是位写小说的。”此语一出，一团火便在年轻人的脸上腾腾地燃烧起来。不是不是，年轻人嗫嚅着，痛苦地摇晃脑袋。也因此，陈白驹（1961— ）当场就判断他一篇小说也没发表出来。

人都是这样走过来的，没有人一生下来就会走路。陈白驹（1961— ）斜睨着对方，想起最初的自己。

虽如此，可有些人到死还是不会走路呢。他接着想。

在春卅的张罗下，年轻人从帆布包内取出一沓打印稿。齐齐整整，边沿新得可以划破手。这些未能在期刊寻找到发表机会的文学青年，往往苦心经营打印稿。他们反复校对、排版，为标题是居上还是居中，字体用仿宋还是黑体而纠结（有的人不知怎么想的，会用哥特字体做标题，用的还是拼音而不是英文)。他们选择最雪亮的纸。瞧瞧，瞧瞧，掮客是这么说的，那些接过稿子的文坛前辈也是这么说的(嗯，瞧瞧，瞧瞧)。

因为过于局促，年轻人一直笔挺地坐着，手指搭在筷子上，自始至终没吃什么。有些人在席间就翻起来，每当此时，年轻人就紧张地望过去，有时眼皮是抬起的，有时则低垂着，人陷入失落的情绪中。而嘴角呢，始终保持着羞惭的笑。陈白驹(1961—　)觉得不自在。当然对这一伙长袖善舞的人来说，也没什么自在不自在的，有些人越是这样被看着，越是来劲(你看那唤作蒋併乡者，某刊副主编，这会儿掸烟也掸出一种姿态来，就像是医生在用手指稳重地敲打体温计)。

“哎呀，这是好稿子啊。”有人故意这么说。

好什么呢，只是随手那么一翻(就如为了达到动画效果而快速翻动书页一样)，陈白驹(1961—　)便感知出对方的水准。比文盲好一点，准确地说，作者为了证明自己比文盲稍好一点，对每句话、每个词汇都实施了装裱。看起来像是还乡的打工妹，臃肿，妖冶。就有那么夺目、刺眼。虽说很久都没有实战操练几篇文字，但陈白驹(1961—　)对自己的评断能力，或者说鉴赏力还是深信不疑。知道何为好何为坏，并轻易走出坏的榜样所布下的迷魂阵(那些坏的东西就像是盛夏飞舞在农家厕所的长着金色翅膀的肥蝇)，然后选择最适合自己的路子去写，是当年陈白驹（1961—　）能火上一阵子的资本。

这个年轻人是词汇的穷人，没什么幼功。他能认识到自己这一点，然而摆脱不了来自虚荣的诱惑。他开始往死里打扮自己。他所表现出的执拗与固执，看起来是说服不了的。他用词，不用“走”，用“行”，不用“没有”，用“无有”，不用“也能”，用“亦能”，不用“都有”，用“皆有”，不用“为什么”，用“为甚”，总之，是怎么别扭怎么来。有时他还会得意扬扬地用上一些“呵烘”“安惬融洽”“蹚裂”“憨莽”“叶的臂展饶沃”“袭照”之类大家将将明白又在过去的文献中查无出处的词儿。怎么说呢，他写作的第一要务就是摆弄这些奇形怪状长着彩色瘤子的词汇，像是穷人晾晒腊肉。他自以为展现的是富贵，却不承想人们看见的都是荒凉与贫瘠。什么“擦过皮层的空气抚扫出无可名状的实在感，似被丰润的流质包裹、充满”“是将生活泥泽中咕哝发酵的菌种酝酿成一坛黯然神伤酒”“清明与深远就在这沸腾中”“造物主遣罪于殁亡之际又给我们淫欲的恩赐”“他（也许是她，他中有她，或者“是她还是他”）耳窝里早已植下这名字”“风吹起如幻梦般破碎的流水之年，而你的笑靥闪晃，成为我命途中奔跑犀牛一般的点缀”“尼采在哀绝呼喊‘上帝已死’后隆誉的酒神精神与超人意志的美学琼浆，重新在二十一世纪的金钱崩毁游戏中灌入上帝遣来的救世主唇纹里”。

这种令人恶心的节奏或者说腔调，

这种过于庸俗过于空洞就像是毛毯盖住一粪缸蛆虫的字句，

这种穷酸，

让陈白驹（1961—　）无名火起。他将稿子扔在旁边空着的椅子上。这种作者连起码的羞耻心都没有。散席时，他拉开名牌的包，将桌上的名牌手机、名牌眼镜、名牌名片夹，还有名牌牙线盒逐一收进去，西服挽在臂间，一切都收拾好。他反复看了几眼，甚至掸掸座椅，确定不曾遗留什么，才走掉。那份就像阳光照在冰面上一样闪闪发光的文稿，就留在原地。小伙子看着它，想提醒他，然而又没有。最后小伙子悄声嘟囔："省得再花钱打印了。"（他得胜了，瞧，他都知道自己找台阶下去了。）陈白驹（1961—　）半举着一盒由其他客人捎来的茶叶，用脚推开那门。

士别三日，即更刮目相待。

——《三国志·吴志·吕蒙传》

这一次呈现在小伙子稿子里的，却无一处不合适。那些花里胡哨、可笑、像骨刺撑起皮囊、舍本逐末因而不值一提、当时想让陈白驹（1961—　）拎着对方的衣领叫对方滚的词汇或修辞，全部消失了，或者说，它们不是消失了，而是在一种新的、宽大的、又很严苛的秩序的安排下，奇迹般地生还。你甚至能看见这些语词在获得新生后泪流满面的样子，它们对圣父般的创造者感恩怀德。陈白驹（1961— ）打开文稿，一看开头，就被一种准错不了的感觉抓住。虽说这么多年来，他对年轻人的东西早已形成刻板成见，有时还没看稿就认定对方有很大的问题，不是结构、情节出了问题，就是语言和思想显得过于不成熟，而年轻人也差不多以自己的表现百分之百地证验了这一论断。今天，他和这些来到徐萍家的同行，心态都是一样的，就是准备无关痛痒地说上几句。他们懒洋洋地拆开系在卷筒稿纸上的红丝带，慢慢转动脑袋以缓解颈椎的压力，然后才拉开那总是止不住要蜷缩回去的全木浆A4稿纸。过去他们总是貌似认真地看上好大一会儿，场面异常安静，静得能听见人的吞痰声，就好像他们真的在潜心阅读，而其实他们的脑袋什么也不接受。他们命令自己记住文中几个词（能记住完整的一句话最好），稍后好根据它们讲出作者目前所展现出的实力、风格、令人鼓舞的东西，以及未来所据有的空间等。他们腹中藏着十万套废话。

今天，情况有变，至少是陈白驹（1961— ），像中弹一样，死在了对方的第一句话上。整个中国很少有人能写出这样的第一句话了。这句话让陈白驹（1961— ）想起加缪《局外人》（在郭宏安、徐和瑾、柳鸣九、郑克鲁、袁筱一等人的译本里当属柳鸣九的流传最广）的开头：今天，妈妈死了。也许是在昨天，我搞不清。或者像奥地利作家奥斯卡·叶林内克的小说《演员》（瞧瞧他们连标题都起得如此精到和节制）的开头：青年演员恩斯特·路德维希在得到一个角色的同时得到了他母亲病重的消息。这些开头使用的都是最平凡的字眼，然而却像"1"一样制定了万物的规则，像是神的预言，像是海面上显现出的尖顶，你能据此揣测出一座冰山所应该拥有的轮廓。你对将要发生的事、事件中人物的脾性，以及他们注定得到的结局了然于心，然而这种了然丝毫不会减损你往下探索的欲望。相反，欲望还会变得更加强烈。你会觉得作者的感觉真他妈对极了。你为自己能和这样一名富于极高理性、极强概括力，同时又在细部拥有超凡敏感力的作家同行感到兴奋。你恨不能叩击他的墓碑，进入坟茔和他卧谈。

陈白驹（1961— ）将脑袋凑向压在镇纸下的文稿，以不可遏止的速度朝后阅读。此后所有的检阅毋宁说都是为了论证这一起初的评断：

准错不了。

与此同时，一股难以名状的痛苦从他的内心生发出来。不是作者出了什么差错，相反，是作者——那稳坐在一旁，几乎是揶揄地看着他们（是的，揶揄！）的人——奇迹般地，什么错也没犯。没有一个字不妥，没有一个标点不妥，没有一句话不妥，没有一个段落不妥，陈白驹（1961— ）发现自己根本往里插不进任何一个字，也无法从中摘任何东西。不可以再多，也不可以再少，即使是偶尔出现的错别字，阅读者也害怕去修改，因为正等你提笔要斧正时，分明又看见作者那猎人般的耻笑。他耻笑你自作聪明，上了他的当。在紧张的阅读间隙，陈白驹（1961— ）偷觑旁人，发现他们个个也似冰冻，正陷入巨大的惊愕中。啊，就像狂信者见到圣子的裹尸布或者佛的舍利子，就像山区的人望见大飞机，就像在王府井大街看见史前灭绝的有两层楼那么高的动物。了不得啊。他们感觉自己的双手都快承托不住这稿纸了。有一两个原本不打算看的，这会儿也奋起直追，不停地移动眼睛，一行行地看下去。女主人徐萍兴奋得不得了，忍不住尖叫。“我说吧，我说吧。”她走来走去，不停地走来走去。

出于一种恐惧，就像行夜路的孩子情不自禁地闭上双眼，陈白驹（1961— ）合上文稿，以为凭此就可以躲开那种优秀对自己的折磨。然而徒劳。在合起来的纸张内，那些不同脾气的人物及他们之间注定会发生的事情还在有条不紊地朝前运转着，就像装了什么神奇的小齿轮或有魔力的大转盘，就像是上帝已然撒手不管的漆黑宇宙，自有其永动的秩序与规律。这实在是太瑰丽太可怕太恐怖了，简直是超越于自然的巫术。这种人物与事件在读者离开后仍然自我循环、自我运转的奇迹，以前陈白驹（1961—　）在格非教授的短篇《迷舟》以及列夫·托尔斯泰的长篇《安娜·卡列尼娜》里领略过，如今他又在不知来历的青年作者这里再次看见。他们是在虚构，然而虚构出的东西却比真实世界还要坚实、伟大，还要不可磨灭。

如果我只是一名读者就好了，去年刚斩获黑斯廷斯奖的陈白驹（1961—　）想，我就可以单一地、纯粹地来享受这伟大的作品了。这种阅读的快感如何形容呢？就像赤身站在刑房，栗栗危惧于狱卒甩下浸水的鞭子，又对此极为渴望。啊，年轻人，只用了三年，或者说是两年，就达到他陈白驹（1961—　）几十年梦寐以求想达到却怎么也达不到的境界，就完成了他的梦想。那所有的文字都是陈白驹（1961—　）想要、想据为己有、想捂在胸口反复抚摸的。在过往的某一天，在大病一场之后，陈白驹（1961—　）理智、清醒或说是无奈地中止了这一对理想文字的求索，他判定以自己的资质不可能完成这样的作品，放眼望去，整个文坛谁也不能，而且以白话文目前发展的态势看，怕是五十年内也不会有人完成。然而今天他却实打实地瞧见了。如果我只是普通读者，我就可以无所顾忌地投入这干净、透彻、带有一丝甜味、像一堆堆银鱼飞来、似乎是由南方作家福克纳亲授的长句子中，一边读一边放肆地哭泣，然而我不是。我是一名和他一样的写作者。陈白驹（1961—　）痛苦地闭上眼。

那些打定主意来徐萍家混吃混喝的人，此刻和陈白驹（1961—　）一样痛苦。今天来的恰恰都是些诗人或小说家，所幸没来什么以领养和占有新人为己任、就像是生意人的职业批评家，要不然他还不得大喊大叫，将这一可怕的消息满大街地宣布：天才！我们这个时代最伟大最为欠缺的天才诞生了！毋庸置疑！他们面面相觑，就像一伙贼，心怀鬼胎地围在一起。他们关心的不是对方的前途，而是自己因此要被大幅削减的影响力。他们感觉自己一下子被置身于无足轻重的位置。他们仿佛听见别人一边这样称赞年轻人一边疯狂地朝其拥去，而他们只是被当作一名被问路的圈内人（就像传言中说的，文学青年纷纷拥入陕西省作协，向尚不知名的陈忠实打听路遥在哪间屋子）。用不了多久，普天下流传的都将是年轻人的名字，传唱的也是他的文字，他将盖过余华、莫言、哈金、阿城、耶利内克、凯尔泰斯·伊姆雷、布勒东、科塔萨尔、凯鲁亚克、巴尔加斯·略萨、雷蒙德·卡佛、耶茨、麦克尤恩、波拉尼奥、乔治·奥威尔这些文学史上尚不牢靠的名字，混进奈保尔、吉卜林、马尔克斯、胡安·鲁尔福、弗兰纳里·奥康纳、巴别尔、霍桑、坡、菲茨杰拉德、梅里美及卡夫卡的序列，不，这还满足不了他的野心，也满足不了那些批评家的胃口，说真的，就是将他保送进雨果、福楼拜、塞万提斯、托尔斯泰、陀思妥耶夫斯基、歌德、斯丹达尔、莎士比亚、但丁这样的巨匠体系也不为过，他们拥有共同的特点，就是在高度上极度接近上帝，又在广度上覆盖整个人类。这并非没有可能，毕竟你还没找到它有哪一点不像名著的地方，你还没找到它有哪一块显得不结实（关于它是不是一部只是带来短暂阅读快感的伪经典，他们已做过多次检测。对他们这些有皮有脸的人来说，最怕的就是在冲动之下将赞语送出去，然后眼瞧着它每日减色几分，最终露出贫瘠的本来面目。往昔，他们总是在受邀看过电影的首映式后，未加反刍便妄加赞唱，反而让那些后知后觉的观众笑掉大牙。有一次他们在醉酒后盛赞一篇据说是由一匹文坛黑马写出的代表作，酒醒后便后悔莫及，后得知那果然是好事之徒在测试一种叫“小学生作文速成”的写作软件。其实检测一部作品是不是尖货很简单，就是闭上眼睛想几天后或者几个月后自己还会不会这样激动。只要这样冷漠地等待一会儿，那原本可疑的作品就会把持不住，露出自己的平庸来。现在他们反复计算，确信自己的判断并没有受到冲动或狂躁的影响，它就是比《白鹿原》《废都》要好上几倍）。这会儿，从孤独的公园椅那边传来试图起身的响动，年轻人想起身然而未遂，又坐回去了。年轻人诡异地笑了一下，抬起眼茫然地望望天花板，然后继续一动不动，悲伤地坐在那儿。陈白驹（1961— ）为此打了一个寒噤。他想到自己迟早是要与对方再次打照面的，这次去面对时，他已不再是什么文学圈的看守了，而仅仅是一名给大师提鞋都不配的羞惭的门外汉。他口干喉燥，没办法掩饰那现在就已经到来的两腮通红，并且一次也不敢去瞧那坐在角落的对方。他心态复杂地感受着这贫寒又伟大的人，感受着那由很差的身体传导出的囫囵的呼吸声，不敢相信自己与对方竟然同处一室，紧张得就像一名歌星的粉丝。而对方呢，像是泥壳包裹的皮蛋或者薄膜覆盖的树木，还不知道自己的本来面目，还不知道自己是这世上最为罕见的人物之一，是神呢。他（那年轻人）正半是羞惭半是赌气（赌气是为着提前迎接他们的奚落）地坐在那儿，并不清楚，作为阅读者之一的陈白驹（1961— ），心里此时正大片大片地淌血呢，而自己作为翱翔于天空的巨翅鸟，早已用阴影遮蔽了他们原本安然享受的暖暖阳光。他还在紧张、忐忑、惴惴不安，然而又控制得很好地等待来自他们可能是差评的评价。

该怎样去评价这位已走到房间来的神灵？在阅读过全文的四分之一时，他们都忍着不说话（往昔看完电影或话剧，他们总是彼此相问：怎么样？），都不甘于将自己此时的真实心态交出去。此时无论是吹捧还是攻击，都无法掩盖他们内心强烈的酸楚。唯愿他早点死！陈白驹（1961—　）从他们沉默的脸上（痛苦像闪电一般走上面擦过）读出这样切齿的话，不不，最好不要马上死，因为早逝恰恰会放大一个人的声名。最好让他活下去，用酒精泡着他，泡软、泡松他，将他泡成一个比庸人还平庸的人，泡成一个连文盲都敢哂笑的反面例子。有的是比自己还按捺不住的人，陈白驹（1961—　）想自己永远也不要第一个出手，就让他们先嫉妒起来吧，目下要做的就是借用别人的嫉妒来掩盖自己的嫉妒，就让那些迫不及待的人去咬死他吧，咬死他咬死他，咬死。陈白驹（1961—　）这样想时，用余光偷看年轻人，后者就像死了一样，脸上呈现着那原本只有雪莱、济慈、切·格瓦拉才应有的衰竭样子。按压腹部的手指已然乏力。唉，吃多了成都小吃、桂林米粉、沙县小吃、驴肉火烧，经历太多地沟油的洗礼，只是为了恢复战斗力才去睡眠，屋内贴满备忘的纸条（到处加满粗暴的感叹号），身体不差才怪呢。陈白驹（1961—　）想起自己当年最疯狂时，曾经在长考写作中的一处梗阻时，陡然吐出一口鲜血，他对着它发怔良久，竟然忘记它从何而来，拿起笔潜心描摹，将之当成是剧中人怨愤的表现。而现在呢？现在这个陈白驹（1961— ），已经用健康交换走伟大，用的是红木书桌，整整一上午待在那儿，却只是对着那光滑的桌面梳头。除开将几位女性抱着肏出胎儿来，他在这儿什么也没播出来。他回想自己一生只写出一部反响不错的长篇，接下来的两部等而下之，没有获得评论家的持续关注。当时情况如此：只要是推动一下（比如召开研讨会，发车马费），关注就来一下，否则就死如灰烬。陈白驹（1961— ）将三者勉强凑成三部曲，走出版社出了所谓的集子。当然他也写出不少连自己都瞧不上的短篇。因为名气，是的，不知怎么就积累起来的名气，而不是作品，他一步步混迹到现在，当上文学院院长，并在多个协会任职，每次印刷名片时都要挑落不少不那么紧要的头衔。他现在的生活逐渐被

观看画展、舞剧、话剧、电影首映式，

参加文联、作协、出版社、政府甚至新浪这样的网络公司组织的会议，

参与各类文学奖、一些学科项目及一些杂志重点稿件的评审与终审

等等事务给塞满了。

他用最新款式的手机，用里头的记事本管理着这些事务，

那些识相的年轻男女总是凑过来，装着好奇地看着他拨拉屏幕，啧啧称赞，说驹叔您可真时髦。他喜欢这些孩子，他对此感觉良好。到哪里都有吃的，自助餐、西餐、中餐、中西结合餐。他的肚腹因此愈来愈大，再也望不见交合时彼此迎送的性器。他对性欲的追求也不再是射精，而只是满足于将阳具停留在对方年轻的阴道内。这就够了。早上，他就是带着这样一种满足感出门的，他感觉一切好极了，然而，在这享受的终点，在这飘荡着美食鲜味的厅堂，他看见那原本只应该在噩梦中出现的敌人，或者说，给他敲响丧钟的人。年轻人十分凄惨地坐在那儿，就像陀思妥耶夫斯基一样令人作呕，又令人害怕。陈白驹（1961— ）看着他，就像看着一面镜子，他无法不审视自己，他意识到这些年来，自己的创作能力其实已永不可逆地衰竭了。就像绝经的女人。他开始埋怨自己有一张比床还大的书桌，埋怨这温水煮青蛙般的富足生活，开始憎恶自己在签字时使用的是一支七千港币的钢笔——这些有什么用呢，你还写不出这孩子的十分之一。其实他早已意识到这种灵感与技能的消失，他曾找马原打听，马原告诉他，人工光比自然光要好，后来马原还实践用口述的方式来写，即作者说，弟子打在电脑上，然后投影到墙上。陈白驹（1961— ）照这种方式实验，却发现他和马原一样，都未能召唤回当初的自己。现在，他感到老本吃完了，好日子过完了。他甚至在幻觉中看见年轻人走过来，交给他一份皇帝的任命书，然后耐心地退到一旁，等他交出意味着权势的钥匙与公章，并离开过去很长一段时间属于他，因而使他误会自己对此拥有所有权的红木桌椅、办公室，以及服服帖帖的仆人。在比自己小几十岁的年轻人面前，陈白驹（1961— ）窘迫得如热窝上的蚁子。如果是年轻人有意来赶自己走就好了，那他就可以指斥这是一场针对自己的不公的阴谋，是一场蓄意的夺取，然而不是，年轻人表示来这儿并不符合自己的意愿，是上意要他如此。

二十七岁，让人艳羡的黄金年龄啊，一个爆发的年龄啊：
欧内斯特·海明威写出《太阳照常升起》；
阿尔贝·加缪写出《局外人》；
约翰·斯坦贝克写出《黄金杯》；
川端康成写出《伊豆的舞女》；
奥森·威尔斯已经在反复享受自导自演的作品：《公民凯恩》。

“我想，我们还是应该一起过去，无论从哪个角度说——”最终，陈白驹（1961— ）意识到众人沉默，还有一个原因，就是属他最为年长，理应由他先发声。就在此时，角落传来一声闷响，是年轻人扑倒在地，公园椅跟着倒了。众人愣怔着，看见这陌生人有如中毒，脸色铅青，上颈部连续鼓涌着，呕出漆黑的血来。他就这样死狗一般扑在地上，凄惨又充满敌意地看了一眼他们，用雪氅上的毛领擦了一下嘴角，昏死过去。大家慌乱地冲过去，又颇富自知之明地止步于外围。徐萍抓着急救包，心急如焚地跑来（这是所有人第一次见老妪如此奔跑），她将年轻人抱入怀中，探察鼻息，掐人中，而后让保姆解开年轻人的裤带，自己用剪刀剪开他那闷坏人的内衣圆领。她心疼地叫唤："崽呀，崽呀，我崽呀。"她就这样大颗大颗地流出眼泪，悲惨地呼唤，试图唤回飞逝而去的伟大流星，让开始凋零的昙花复还。

陈白驹（1961— ）趁众人惊魂不定，悄然离开徐萍家。他对抢救毫无经验，也不愿掺和此事。也许只是饥饿和营养不良引发晕厥，不过从吐血看，也可能是由重疾带来的休克。他就这样搭乘出租车，和奔驰而来的急救车相向而行，回到家中。一路上他都无法原谅自己：在这仓皇的逃亡途中，他还不忘扯走女主人留在门前烘烤着的半张煎饼果子，另半张尚粘在煎饼炉上。他把它吃了，吃完还吮舔指尖。就像小偷忍不住还是去偷，赌徒忍不住还是去赌。这种难以遏制的食欲再度无情地发作，进一步论证了他是这场文学较量中平庸的那一方。

他仓促埋怨着徐萍家的多金有钱。要多有钱，才能在寸土寸金的大都市拥有一间像农家院子那样的大宅子啊。院内还移植了一棵不知年齿的老树。然后，在将钥匙插进自家居室的锁孔时，他想起那件在途中就隐隐不安的事：他还不知道年轻人的名字。他不记得对方的名字，只是记住那文字所带来的刻骨铭心的感受，比如，只要闭上眼，就意识到有一滴闪光的水珠正从发黄的岩壁滑落，或者看见青苔掩盖下的蚁路有一谨言慎行的蚁子正在耐心等待猎物，或者在某个女人的魂灵起身离去时，整个大厅黑了一半，她留下鸟粪一样经久不散的腥味——伟大、令人发狂，并且是终生不可磨灭的感受啊。然后他记不起来那件Brunello Cucinelli西服遗失在哪里，原本挽着它的右小臂空空如也。他匆匆推开自家的门，大步走到书架前，翻开自己的作品就朗读起来：

如果上天有帝，他擦拭慈悲的双眼往下看……

只读了不到十句他就为其中的笨拙哭出声来。他将自己的作品一本本地扯拉下来，坐在地上，悲伤地发呆。他这样发呆时，荷马、维吉尔、薄伽丘、普希金、巴尔扎克、大仲马、狄更斯正驾驶着金色马车轮番从墙壁上跑过去，后边跟着新晋的年轻人。此时，这病人满面红光。一切得其所哉。

肥　鸭

去过河边的人，都会对细老张——在递名片时他总是说，请叫我张镏龄经理——那过于严肃的神态留有印象。他的脸年轻时是苍白的（他对此应当十分珍惜），现在蜡黄得近乎透明。整张脸又窄又长，两侧长着一副便于提拉的耳朵。因为老是将覆盖着一层褐色胡髭的上嘴唇向下紧扣（里边的牙齿就像是在嚼着一粒芝麻）、长着一个类似白种人的弓形鼻子以及谢顶，这张脸显得更长。在高耸的眉骨下方，隐藏着一双鹰隼般的眼睛。它们总是一眨也不眨、毫不气馁地看着你，使你不安。纵然是在夏天，他也会穿两件衣裳：里边的衬衣领子是白色的，紧紧扣着，透不过气来；外边是一件过膝或者快要过膝的风衣。他让人想起僧侣、法官或者什么便衣，身上散发出的阴沉气息使人胆寒。

靠近他就像靠近遮天蔽日的黑暗森林。

好些个小孩，平素无法无天，无所顾忌，一旦临近他，就提前噤声，紧抓着大人的手或衣角。其实呢，稍微熟知他，就知道他并没个卵用。他是从农村出来的，加他一共是十个兄弟，十个兄弟里只有他通过做民办教师，又通过到教师进修学校深造进了城，后来又经营起这门和几间学校有业务往来的办公用纸批发生意。以他的智慧，他根本没办法分析出究竟是什么原因导致了他逾越于自己的兄弟，因此他就将自己过去出现的所有脾性都保留下来，以之为可发扬光大的要素。就像意外痊愈者，不知道究竟是哪一味药拯救了自己，因此将所有的药都抓回来，不加判别地服用。沉默就是这其中的一味药。而通过对他人的观察，他也发现，保持这样一种一言不发的姿态的确有利于营造一个高深莫测的自己。人们对他心生疑畏。有时他将双手朝风衣的插兜里那么一插，也会幻想自己就是一位可以对他人随意下达判决的大人。

实际上他能控制的，也就是自己家的几口人（也不能完全说是控制，有时不过是因势利导、因人制宜，正如两只大公鸡不能关在同一只笼子内，以免它们啄光彼此的羽毛，一年中大多数时候，他都会将母亲与妻子分开，以使她们能在相聚的少数几日里做到和睦相处）。

其中：

妻子与儿子作为嫡系，随自己居住于河边水木蓝天小区按揭而来的两室一厅。儿子就读于三十七公里外的九江市外国语学校，周末返回瑞昌。妻子是农业户口，同时是文盲，这迫使她自认为是罪人，不敢在生活中发言（特别是一想及正是因为她，两个孩子一出生就吃农业粮，在同学间广受嘲笑，虽则细老张后来还是替姐弟俩一一买来商品粮）。她甘于充当丈夫的下人，爨濯之余，还负责骑三轮车去仓库拉货，送往客户指定的地方。有时使用两轮的手推车。

母亲与女儿仿佛旁生歧出，居住于城北鸡公岭那由细老张一进城就借款买下然而直至今日仍未通自来水的商品房。此地大概有三分之二的房子无人入住，因此也就不贴瓷砖，血红的砖块裸露着（砖缝间的黄泥早已干裂），就像肌体被褫了皮。有的外立面，别说没有装上窗户，连窗架也没装上，就是由聚乙烯彩条布随意遮挡着。有些干脆裸露内部，锈迹斑斑的钢筋像是野草，从地上、墙上冒出来，内墙因为曾有拾荒者做饭而被熏得漆黑。暮色降临后，打这里抄近路去火车站或从火车站归来的人面对它们有如面对遭受炮火攻击的废楼，总是感觉悚然。

人们管细老张的母亲叫张婆，在乡下都叫她火金娘，然而进了城，就得按城里的规矩叫。考虑到大家已经叫她河边的媳妇为张姨，于是便叫她张婆。张婆一共生男丁十口，自身体质可谓超群，自打丧了偶，便无法安放大把的余生，毅然来到县城寻觅自己的第七个儿子，也就是细老张（自老七之后都唤作细老张，人们如何细分他们又是一门技术，此处不表），以过上她娘家人可以说十几代都没过上的城里生活。她是先斩后奏来的，来到鸡公岭后，就在上锁的门前坐着，大汗淋漓，直到儿子寻来，对着她长长叹了一口气。“也好，你就在这里给瑞娟煮吃。”她的儿子说。

于是，细老张将原本与自己住在一块儿的女儿瑞娟支去与奶奶一块儿住。往后，每半个月或一个半月，因为要将一箱箱的打印纸与复印纸运来或送走，细老张才光降一次这兼做货仓的商品房，分别给婆孙一点钱。瑞娟总是怕丑怕到窘促的地步，有时，细老张什么也没说，她就快步走掉，在远处蹲着，背对着他啜泣。细老张是个溜肩（要不怎么喜欢穿带垫肩的风衣呢），小时候的女儿则背阔腰圆，一旦哭起来就像是个大面包坐在那里哭泣。有好些回，细老张几乎可怜起这怪异而遥远的血亲来，想过去鼓励鼓励她，比如拍打她的肩膀，说：“眼下这漂亮的丫头是谁家的闺女啊？”可是某种根深蒂固的东西劝止了他。我想有一天就是他的女儿跟随失控的马车坠向漆黑的深谷，他也不会挪动半步，顶多是痛苦而无声地张大嘴巴吧。每次当他从运纸的金杯小货车上跳下来，他那矫健的老母总是摇摇晃晃走来，当着孙女的面，告孙女的状。他从话语中听到太多夸大其词的东西，忍不住心生厌恶。他总是象征性地教育一下面色通红就要哭出来的女儿，并不知道自己一走，后者就会眉开眼笑，一会儿提起左腿，一会儿提起右腿，像马驹一纵一纵地跑起来，与等候多时的伙伴会合而去。某日，来自二小的班主任突然找到他，揭开一个让他感到愕然的谜底，就是他的女儿其实是一名出勤率不足百分之五十的问题学生，这不今日又不见了。他们在铁路坝那里寻到她，她正和隔壁班的同学梁练达手拉手站在铁轨上，面对从远方驶来的运煤车，高亢地歌唱：

青青河边草
绵绵到海角
海角路不尽
相思情未了

她们是分两个方向跑的。因为这事，细老张将对女儿的管辖权彻底让渡给了母亲——那仿佛等候多时的乡下悍妇。这就对了，将她交给我就对了，还没有我管不落地的人，老妇低头盯向儿子，胸有成竹。

光阴似箭，日月如梭。这样一件恐怖的事情发生后，死者张瑞娟已被火化多日（有人说她被推进炉膛时整个人还处于俯卧姿态，工人持尖刀熟练地戳破她的尸身，而后提起一桶柴油，晃荡着浇洒在上边），人们记住的还是她作为小女孩被祖母驱赶回家的场面：后者像鬻牛者一样，手持秃了尾的鞭子，每隔数步抽打一次前者的后臀，而前者总是在挨上这一鞭时龇牙咧嘴，猛然抖直身体。鞭笞并不因为女孩表现出顺从的态度而有所减少。起码有四年，鸡公岭的邻舍都习惯在正午或傍晚，听见这自远而近、重复发出的“啪”的声响。他们甚至能凭借声响猜出鞭梢在空中甩出了多大的弧线。鞭打并不让老妪感到轻松，我的意思是说，有很多次她眼见着要听命于慵懒与疲惫，准备放弃这一行动，然而为儿子管教好孽障的责任感又促使她振作起来。有时人们能听出鞭打其实是源自老妪内心丑陋的欲念，有时能听出是她在报复从前孙女对她的无礼（在细老张没有明确她的管辖权之前，做孙女的总是将自己视为与生俱来的城里人，带着对乡下人的嘲讽，毫不示弱地与她争辩），有时又什么深意都听不出来，只听见鞭打本身，就像它是一项古老的、需要人去服从的风俗（譬如人类鞭打牲畜，地主鞭打在田里工作的农奴），就像下雨。雨季来了，开始连续十几天地下雨，人们不知道为什么下雨，为什么不下。鞭打的声音猝然停息时，人们甚至惶恐（当然这只是一种不很重要的惶恐）。有的人走出去，看鞭子为什么不继续落在少女身上。“我在喝水啊。”老妪说。她并非要解答对方的疑问，而是作为一名闯入县城的目不识丁的农妇，向当地人积极解释自己的行为。喝得差不多了，这名解差就会摁好盖子，重新背起塑料斜挎水壶，赶着孙女上路。有时，身为祖母的她也会扯着少女那自其父亲处继承下来的易于撕扯的耳朵，一路扯回家。血滴在路上，少女偏着头，双手紧抓老者行凶的手臂，发出撕心裂肺的喊声：“我姨，我姨，我姨啊。”（只有在此时她才会采用“姨”这种方言里对妈妈的称呼。多数时，她对自己的妈妈沉默，她没办法叫不会普通话的后者为“妈”，也没办法说服自己叫对方“姨”，因为一旦这样做了，就等于是向众人暴露自己丑陋而惊心的出身。）

“你这样会把你孙女的耳鼓撕落啊。”有时人们会停止打毛线，忧心忡忡地提醒。

“撕不落的。”张婆说。

“你看她就像猴子一样紧紧巴在我身上。”接着，她补充道。

瑞娟一旦回家，张婆就会走里面闩好门。有时只见张婆一人出来，走外边拉上黑色的闩条，将之插入插孔，然后去打牌（在乡下，她只会打老牌，然而一到县城，也就看了两把，她就学会了打麻将）。房屋深处时常传来女孩凄厉的喊叫。张婆是古怪而细致的行刑者，为了显示决心，她特意去停车场让小客司机帮她从乡下带回那把沾染过她十个孩子鲜血的由硬芒编制成的炊帚。那原本是用来洗锅、刷灶，以及清扫桌面积尘的。有些夏日，餐桌上放着一个阻隔苍蝇的绿色纱罩，纱罩外就放着这把编扎得很紧的炊帚。它将她的十个儿子——如今则是孙女——抽打得浑身都是伤痕，一道一道的，像是耙子耙过的。有时她使用一根短棍，照着少女小腿迎面骨不停攻击。人们时常听见老妪那烦躁、急切然而又不厌其烦的对孙女的教育：

“你今天必须认错——不认错就不许吃饭——就不许离开这里半步——就一直站着——站到明日早上——听到没——长耳鼓听到没——我叫你认错呢——别装可怜——别叫你姨——你跟你姨一个样——快点认错——听到没——别用我听不懂的话骗我——说我听得懂的话——晓得呗——别像蚊子那样说——别想就这么蒙混过去——你在说什么——大声点——我听不见——你这该死的我听不见听不见！”

惩罚结束后，瑞娟有时愤怒不过，会扑在床上啜泣（并睡着），有时被迫去摇水。在羞愤中，她摇动水泵的手柄，这么干摇五六次，才醒悟过来，从水缸的存水里舀出一大瓢喂进内壁长着绿苔的水泵，让皮碗吃进去，并马上摇动手柄，这样，水才会从地底深处被抽上来。完成这道工序需要精神上的专注，因此瑞娟总是在干完这事，看着银光闪闪的水哗哗地冲进水缸后，才继续自己的哭泣。还有时，少女像是中蛊，热情而激动地奔跑着，找到仿佛阔别多日的祖母，俯伏在地，悲伤地喊：

“婆，我错了，我知道错了。”

她双手紧握祖母的小腿，嘴唇颤抖，口齿大开，上气不接下气。有时猛咳起来，因而不得不急速地捶胸。她就这样不知羞耻地任自己在地上滚出一身灰，可怕地忏悔着。然后就像领到一张抵用券，她走出家门，对着路边停着的车那白得发亮的车窗端详自己，处理掉受辱的痕迹，找到在人工湖边上站立的密友，聊起天来。在父母、祖母面前，她谨小慎微，不爱说话，有时十个字吃掉五个字，在这些年龄相若的同学面前，她却表现得出奇聒噪，从她嘴里不断冒出俗谚俚语，以及男生才会使用的、净是攻击女人生殖器的脏话。她妈的瘪，肥鸭总是这样说，那些同伴后来在回忆生前的她时这样说，或者，戳你姨的老瘪。她们总是三个人或四个人围成一圈，大肆评议周边的人事。这种像是由几条鬣狗举行的宗教聚会仪式总是让我忧伤。我记得我在瑞昌市（是个县级市，我上次在小说里写成“瑞昌县”，有本乡读者专门来函要求更正：请记住我们是一个市，不要自轻自贱）生活时，总是能遇见这样的群党，有时她们还会抱着婴儿加入。她们三四个小时三四个小时地围拢在一起，用手遮挡着嘴巴畅谈。有时一天过去她们还在那儿。有时一年过去还在。有时六七十年过去，都白发苍苍了，她们还在。这是她们的日课，是对荒凉生活的一种抵抗。

有一天，张瑞娟自初中毕业了。别人是十六岁毕业，她是十七岁。她没去看中考成绩，细老张也懒得问（难道这不是已经注定的事情吗，能好到哪儿去呢），倒是她的班主任，总是不安（就像顽童无法容忍地上还有一个引线完好未被引爆的鞭炮）。她致电细老张："你女儿考了126分。"

"126分？"

"对啊，总分126分。"

"她考126分不要紧，只要她弟弟能考621分。"以后，在向人转述此事时，细老张展露出他毕生仅见的幽默一面。他仿佛早就在等这一天。他在距鸡公岭不远、就在一中前边的求知路，给女儿赁下一处门面，挂上"广告设计中心"的牌子，干打字复印的活儿。"打字你总会吧？"他说。"打字我会。"他的女儿说。这一年，他的母亲张婆摁了一下浮肿的小腿肚，发现凹陷下去的地方许久没有复原，因此就当着他的面再摁一次。"我再也做不得事啊。"她说出心中早已准备的话。城里人到她这年纪早退休了，万事不管，衣来伸手，饭来张口，享受子女的供养。为了得到近似于他们的待遇，她预支出自己进城的前六年，照顾瑞娟饮食（虽则一天只做一顿午饭，早晚都是吃剩的）。她认为自己做得可以了。现在无论怎样，都轮到自己享清福了，就像歌里唱的：你太累了，也该歇歇啦。她睁着那迎风就会流泪的通红的眼睛，紧抿嘴唇，脑子里准备好迎击的话，看着自己第七个也是最软弱的一个儿子。后者闭上眼，思考片刻，做出连神几乎都要称妙的决定：

“从今往后，瑞娟就给你煮吃。”

此后，每到十一时三十分，青年张瑞娟便骑着从打字店隔壁赊来约定分期还款的电动车，风一般返回鸡公岭，给祖母做饭。此时，后者已经提着裤带，哼叫着在邻舍处走动。“我今昼又屙血了啊，屙了这么多。”她比画着，以增加她不再在灶下服役的合法性。人们，包括梁姨、艾姨、温姨、陈姨，事后都说，这一场所谓不能再碰油烟的病，是由她的心愿进化而来的，她不想再做饭了，因此身体上也就出现这种不能再做饭的病（在火车站边开诊所的邹火权大夫是这样说的：老人家你最好是少做点事）。以前，为了让自己的筋骨舒服点，少劳动点，她会草草做掉一顿饭，随随便便打发孙女，同时也是随随便便地打发自己。今日她发现孙女也是这样对她。有时她刚吃完，孙女便抄走她的不锈钢碗，打洗洁精，在污水桶里抹几下，再在干净桶子里汰净，总计费时二十秒，便算是将一切收拾停当。老人家时常忘记自己当初的刻薄，敲着桌子责骂，这时她的孙女便帮助她回忆起来，有时能精确回忆到是哪一天。“何况，我跟你吃的也是一样的。”孙女说。当年，老妪也是这样对孙女说的。一切似乎达到极致的平衡，这种平衡不偏不倚呈现出数学的对称之美（正如博尔赫斯在短篇《永生》里阐述的：由于过去或未来的善行，所有的人会得到一切应有的善报；由于过去或未来的劣迹，也会得到一切应有的恶报）。

有时，张婆会向细老张暗示孙女的行径，得到的却是对方的冷嘲。

到最后，张婆能作为的便是看好钟（有时她会咨询听收音机的水电系统退休老人老王），看孙女是不是准时回来做饭。她自思在这一点上自己当初是问心无愧的，虽然饭做得不好吃，却从无一天不是按时做的。因此每近中午，她的情绪便开始激动起来，总是在预设孙女不能按时归来，觉得自己要受到孙女的忽视，或者说是虐待（迟早会的，她这样向邻居倾诉）。她不曾想，那做孙女的更是以此为负担，每日唯盼能早点做掉这顿中饭，好早些回到属于自己、属于年轻人的世界。在那里，她这样议论祖母：“牙不好，吃什么都嚼不烂，也不知道什么时候死，早年刊（生）那么多伢崽，刊（生）十个啊，都是男伢儿，你说要死不，一个妇女刊（生）十个男伢儿。”她也会议论别的，比如，骆驼户外最后一天打折都打十年了；以纯也卖男装，里边空间大，舍得烧空调；金凤呈祥的牌子不知是不是抄袭金凤成祥；迪信通一样卖水货；还有药店招有责任心人士夜间售药，可是工资开得那么低。不过能议论的有价值的事情并不多，一季度也就五六件。直到有一天，瑞娟自己成为谈资。

一个叫“开锁匠”的屌很长的男子，占有了瑞娟的初恋。知道这事的人都认为这是一场骗局，可怜的刚出学的姑娘还不知道自己面临的是百尺的深渊呢。他是在“集邮”，对象包括铸造厂的聋哑人以及在遥远林场当会计的接了义肢的老处女，可能也包括像瑞娟这样得了什么营养不良的病以致肤色呈岩灰色的活死人。还有人说，他长年向广东那边供应小姐。

“你喜欢我什么呢?”有一天，瑞娟这样去逼问他。她最不满意的是自己的眼睛，相隔太远，差不多没有睫毛，眉骨上也无眉毛。别人都在说，在回答这个问题时，男人的眼睛骨碌碌地转，是在当着她的面思考。

“你还是有可取之处的。”他说。

“那么它可取在哪里呢?”她说。

“嗯，就是有可取之处。你不要管这些，你知道我喜欢你就是。”他说。

人们以为瑞娟会离开词穷的男人，然而他们的关系却延续得极为漫长。有时他会说些“骨中的骨，肉中的肉”之类的胡话，在说话似乎不足以表尽忠心之后，他给她送去一些在小城比较罕见的东西，比如COACH的包和ECCO的皮鞋。在最初拥有那只珊瑚红色荔枝皮手提包时，她二十四小时背在身上，不肯离手，忍不住就到街上炫耀性地行走。我就是在这一年回到瑞昌时看见她的。我路过求知路，向南去中医院看我住院的父亲，她相向而来，爬上我正下去的坡道。她按照粒数一粒粒地吃饭，身体瘦得不行，胸口露出的肋骨使人想起烧烤用的篦子，一格格的铁条清晰明显。她的骨架很大，那是一把遗传了劳动人民基因的穷酸的骨头，想起来干过很多活儿，挨过不少打。她穿的是底高六厘米的松糕鞋，以及一件颜色比当日蓝天（因为过于辉煌而让人恐惧）还要蓝的露膝连衣裙。正是这触目惊心的蓝让我忍不住数次回头。在这午睡时光，她孤独地走在发光的路面上，汗流浃背地展览自己。我看见黏稠的蓝就着汗水从她腿上流下来，就像是蓝色的经血。

后来我在宜家看见一张——我不知道为什么要说这个——伸缩型的餐桌，说明是这样写的：可延伸式餐桌，带有一个备用活动桌面，可坐四至六人，能够根据需要调节桌子的大小。不用时，备用活动桌面可被置于桌面底下，伸手可及。我站在那里，忍不住抚摸它，并蹲下去抽它的备用桌面；与此同时，我感到一种羞愤，急着要带太太离开。我说永远也不要买这种产品，若不是它，我也就不会意识到自己只拥有五十平方米不到的居住面积。此后我还看见翻板桌、可折叠的椅子等玩意儿。我看见它们好像长着眼睛，斜睨着我（有时我在稍微高级点的餐馆或者服装店那里，也会觉得自己受到那些见多识广的服务员的歧视）。我不知道这件事和我在求知路上看见张瑞娟有什么联系，为什么我在说张瑞娟时要说它。兴许，一套抽出活动桌面后就和贵戚家一样宽敞豪华的餐桌，一件就是巴黎的模特儿也不太敢穿的琉璃色裙子，彰显的正是让人无法容忍的穷酸。当她打着遮阳伞，踩着泥洼里的砖头，一步一步，走上通往一中的台阶时，我感到一阵揪心。几天后，在离开故乡后，我听说我所遇见的这位姑娘死了。似乎和一桩奇怪的诅咒有关。

清晨，环卫工人李诗丽在铁路坝边上一条四尺宽的水泥小道上发现了张瑞娟的尸体。那被车轮磨得刀刃般雪亮的铁轨还在滴水。死者头发湿透，分几绺搭在头上，皮肤白得可怕，呈鸡皮状，手指及手掌泡松了，因而出现皱缩，有些都要脱皮了。尸体朝南方俯卧，临死前就像是被什么死死踩住，嘴唇浸在牛一口就会饮尽的浅洼中，鼻腔下鼓着泡儿。李诗丽一只手抓着垃圾钳，一只手抓住防风簸箕的背带，在仍在下的毛毛雨中茫然站着，然后像是记起什么，张牙舞爪奔到一箭之地远的早市，对正往摊点上倒菜的个体户比画，算是比画清楚了。

随之传出的是令人寒毛卓竖的可能的死因。在得知瑞娟的死讯后，那原本打定主意要将一些事隐瞒下去的鸡公岭的住户之一，以诚实闻名的温姨，努力抓着门框，却仍旧没能阻止自己瘫软下去。从短暂的昏迷中醒来后，她为了三件事：

——阴阳两界的确存在（她想起三十八年前失踪的亲姊妹）

——人的自私、霸道、促狭以及颛愚

——老天的完全束手旁观

而不停地抹眼泪。她感受到恐惧。然而促使她身体发抖的还是对一方的憎恶，以及对另一方的同情。她鼓足勇气，将婆孙二人临死前分别告诉她的话告知天下。小城由此炸开锅。很多人，包括在政府上班、宣誓信奉无神论并且确已习惯按照无神论来思考的干部，都参与到对这一事的讨论及传播中。即便讲无可讲，他们也不舍得离开，而是滞留于原地，不住地唏嘘感叹。

先是，居住于鸡公岭城乡贸易路四十三号的张婆在头一天的中午走出门。这一日天气极为不好，阴沉沉的，像是要下雨，看起来又遥远，只有风刮着落叶到处跑。老妪穿着僧袍一样的褐色外衣，领圈上方显现出里头还穿着一件红色棉袄。渔网似的头巾包着铁灰色的头发。脸和她儿子的一样瘦，布满疲乏的皱纹。她驼着背，拄着龙头杖，走上街道，向人展示她左手抱着的那个刚从自家墙上摘下的金属挂钟。“我不认识字，就是认得也认不清楚，告诉我，是一点半呗？”她问。

“老人家是啊。”有人应答。

“你再看看你手表，是一点半呗？”老妪说。

“是一点半。”

于是眼泪走老妪充血的眼角急速流出，像原来那里挡了石头，现在移开了。“我就是这样遭孽，到现在还没人回来煮饭给我吃。”她扯出那块相伴几十年的手帕，一边抹，一边发着抖，诉说自己悲惨的处境。一会儿，有人围观，她似乎觉得目下的证人无论从数量还是从质量上说都比较合格，他日定能证见自己今日的悲伤与愤怒，因此将拐杖倚在电线杆边，举起那钟就朝地上摔去。摔瘪了。

“张婆你要不先到我家吃点吧。”有人说。

“我怕是吃去死啊，吃你屋里的东西，我屋里又不是没人。”她捡起龙头杖，撴撴它，愤然走开，然后在行进途中不住地朝天哭喊：“到底有没有人管啊，你们是不是存心要饿死我这老人啊。过去都饿不死人。”

其实此前，在家里，她已将东西摔了一地。在可以说是故意也可以说是失手——起先是失手，但她有机会挽回，然而她放任后果发生——摔碎一只瓷碗之后，本着杀死一个是死，杀死十个也是死，扯了龙袍是死，打死太子也是死的豪迈，她将茶杯四只、瓷碗四只、瓷盘四只、昆仑黑白电视机（其实差不多只剩显像管）一台、红灯收音机一台、铁锅一只、喷绘了“囍”字的红色开水瓶一只、描绘了苍翠挺拔青松的直筒瓷壶一只、梳妆镜子一枚、花盆一只、花瓶一只、英雄碳素墨水瓶一只悉数摔碎。饮水机没办法摔，就推翻了。五斗柜也是。孙女的衣裳能扯破的都扯破了。鞋子有的扔进水缸。这把火其实从大前天就存下了，一直没熄。就像是埋藏在灰烬下边，好好拨下，火势就旺盛了。大前天孙女是十一时五十分回。前天是十二时十五分。昨天是下午一时。见到孙女归来，张婆就跟着嘟囔：你还知道回啊，你何不回得再晚点呢，你心中还有我这个婆没，你真是枉我从细带到大一带就是六年，六年啊，你莫不如往我碗里掺老鼠药毒死我算了，毒死我一了百了。瑞娟冷漠且十分不解地望她一眼，然而并不辩解，也不反击。做完饭她就走掉，有如雇请来的人，不留一句话。今日张婆照例从十一时三十分等起，心想十二时该回，十二时不回，十二时三十分也该回。然而十二时三十分也不见回，张婆想，一时回的时候看我怎么揪落你的耳鼓，怎么用龙头拐棍打断你的狗腿。

然而一时也不见回。老妪几次出来，看见的都是茫然而一望无尽的空气，闻的都是别家的饭香。让张婆暴跳如雷的是，她请开小卖部的陈姨帮忙致电孙女（她搜出五分钱，被陈姨推回来，说还要你老人家的钱），本想在电话里大骂，却发现对方根本不接。不但不接，后来还关了机。张婆就将能砸的都砸了。

张婆弃了挂钟，走桂林路、人民公园、老看守所一路觅到一中，在一中那里，她往东沿溢城路走了将近两里，经人提醒才折返，走进孙女所在的求知路。她一家家店铺问，你看见我孙女没，我孙女叫瑞娟（有人答应，你孙女自十点钟出门就再没归来），问到孙女的门面。店门是开的，当中立着的乳白色复印机插着电，还在嗡嗡作响。老妪举起拐杖就打盖板，旋而又去打输纸的托盘。接邻商户，叫陈莉的，跑来捉住拐杖，说：“打不得啊，几千上万块的东西。”老妪哪里肯听，嘴里说：“我孙女的东西打不得要你多管闲事你硬要管这个闲事我就来打你店里的东西。”那陈莉分辩道：“要是你孙女没托付我看管也就罢了，既然托付了我就要负责，你想打可以，你等她回来。”两下里捏紧拐杖，一会儿将它向左推，一会儿将它向右推，几次三番，老的都要将小的推倒。因此小的说：“老人家不是我说你，你有这把力气，一顿饭早做好了，这会儿怕是碗都洗了，你犯不着为难你孙女，你又不是做不得。”老妪眼睛都听直了，伸手指着，指了几次，说不出话来。后来有认识的过来解劝。见有解劝的，老妪就像黑社会一样对那少女说：“你叫作什么，告诉我。”那女孩本想说，我叫什么关你卵事快走快走莫挡我做生意，话溜出来小半截，硬是给咬住了。也就是从此时起，张婆开始咳嗽，她也忘记自己是怎么走回去的，只记得一路走一路咳。“你看，都咳出血来了。”后来，她对那唯一来探视的人——温姨——说。她将手帕对折起来，保存好血迹。过了一会儿，又打开，重温那鲜红的血丝，眼一闭，挤出一大团的眼泪来。我就有这样折毛（可怜）啊，她一边哭一边紧紧攥着温姨的手，就有这样。

老妪是在下午五时气绝身亡的。温姨（迄今她都还后悔自己上张家去探视，那张婆自己又不是没有子女。当时，张婆返回鸡公岭时，手中抓着的应是从公园捡回的丛毛，她试图点燃整栋屋子，然而一则因为手抖，一则因为火柴头老是刮脱，事情未遂。人们看着这童稚般认真的愤怒，致电细老张，细老张说，听凭她啊，她要干什么随她，她就是这样的脾气。人们便散了，只有温姨无法面对自己的冷漠，端着一碗肉丝汤浸泡的米饭，绕过一地的碎瓷与碎玻璃，上得张家二楼来）说她分明从张婆眼中看见了一种错愕。这种错愕多年前她曾在一名踩在砖瓦场棚顶上狂跳的小孩脸上看见过，很多人对他的提醒并不管用，直到那可能是石棉瓦也可能是油毡做的东西拆裂。他像火炉沉闷地掉下来。还挺重的。张婆一直沉浸在高强度的声震数里的嘶号声中，即便温姨用茶匙顶开她唇齿，将食物硬生生推进她那发誓不接受任何人施舍的口腔中，那一丁点由食物带来的热量也很快被她消耗进更躁狂的叫喊中。你走啊，你走，你给我走，你就让我去死，她忘乎所以地喊着，直到看见死神果真站在面前。此后她的哭泣变成真的哭泣，人也似乎温顺不少，跟温姨回忆起人生最为遗憾的几件事，并交代自己要吃丸药，吃丸药身体就会好过些。然后大概是想到这一切都是谁造成的（她怎么可能会反躬自省，想到是自己造成的呢），她捉住温姨的衣领，半坐起身，愤怒地诅咒起来。

诅咒完了，她恶狠狠地对温姨说："你到时候看着。"

"好，我到时看着。"温姨说。

这样，老妪才死了。

守夜时瑞娟回到家。及腰的长发剪掉一半，嘴上涂抹有深红色的唇膏，野性，危险，富有攻击性，同时夹藏着无尽的委屈。她看起来想调整自己现有的姿色以取悦于人，又想将自己彻彻底底毁掉。她的眼神犹如云雾。直到老家伙闭气过去一两个小时，她的手机仍然关机。她应该是从有翼飞翔的消息里得知祖母死讯的。人们说，在鸡公岭，一名力拔山兮气盖世的老妪将自己活活气死了。

她回来时，第一阵到来的雨水已将鞭炮渣打湿。门前临时牵来一盏灯泡。门楣贴着绿色的对子，写“音容宛在”。那些她的叔叔伯伯，穿着带泥的黑色雨靴，弯腰坐在一楼堂屋，沉默地抽烟。总是抽到一半，就有人拆开一包新的，挨个地发过去。有哎，他们一边说一边接过来夹在耳廓上。他们一齐抬头瞧这城里的侄女，又低下头去，眼神像动物一样不可捉摸。她和他们本想打招呼，然而同时都算了。（两天后，当他们走殡仪馆取来老母的骨灰瓮时，每人朝上面吐了一口唾沫，有鼻涕的还擤鼻涕，甩在上边。他们请了一台小货车来将骨灰瓮运回老家，然而在半途，因为愤怒难以平息，他们将母亲的骨灰扔进肮脏的池塘。）楼上传来少女母亲那虚假的号啕声：“我娘我娘我娘啊，你怎么就舍得丢下我们先走啊我娘啊。”要假到什么程度呢？就是这哭泣完全可以与人分离，人可以去解个手再来，那哭泣声一定还会昂扬地值守在尸体旁。

瑞娟的父亲，也就是细老张，守候在二楼楼梯口，叼着烟，因为烟雾缭绕，他眯起一只眼。很显然他并不会抽烟。他试图掰开一只被万能胶粘住的盒子，耳朵与肩头则夹着手机。他一边看着瑞娟走上来，一边在电话里处理着已经是这个小时以来的第三件事（第一，他令儿子，也就是瑞娟的弟弟瑞江，勿回，现在是备考关头，复习要紧。第二，火葬一事，殡仪馆不愿派车可以，届时我们拉回乡下土葬，别说我们违反国家政策，还有，遗体接运本是殡仪馆应该负担的义务，我们付钱他们都不接运，我就不知道他们意欲何为。第三，拆迁，如果拆的是我一家，你们怎么拆都好，我一万个同意。问题是现在商铺一家连一家，东家共着西家的墙，我能做自己的主，做不了隔壁邻居的主。我昨天是这个态度，前天也是，望你们能理解，这跟我是不是党员，是不是人民教师没有关系）。这是他第一次看着女儿以这样的姿态走到眼前。没有脸，没有鼻子，没有眼睛也没有脖子。在他视线里慢慢朝上移动的是一个年轻女子的头顶。头发刚铰过，看起来像盆栽的酒瓶兰，叶片般的发丝蓬起，又朝四个方向下垂。他在那里看见轻微的战栗（那是因为她对他充满敬畏）以及几根过早到来的白丝。不单我有了白丝，我的女儿也有了，他悲伤地想。同时在对方走上来时，他加重语气，把每一个字都拿捏清楚了说：

“你干的好事。”

他看见女儿的膝盖软了一下，人也哭出声来。“哭什么哭。”他补充道。接着他对已经收工的妻子（那忠诚而愚昧的仆人）说，自己先回河边去了，可能回来，也可能不回，有事情打电话。作为一个体面的人，临走时他还朝滞留于此的东邻温姨再四致谢。“这有什么好谢的。”后者一边答应，一边将那看起来伤了神的主妇扶往后房憩息。少女瑞娟因此独自据有尸体。她从草编篮子里取过黑纱，别在衣袖上，悄然移向那盖着裹尸布的老妪的躯壳。以前在二中念书，课间休息时同学们会疯狂奔向铁路坝，去参观由草席随便盖着的遭火车碾轧的尸首。人对死亡的好奇，是一种与生俱来的本能，现在也是这样，虽然少女看起来在这一天已经经历了太多的事，精神已极度疲劳。老妪朝上翻着眼白，嘴巴与鼻腔大张，几颗没掉完的牙齿像是乱石伸在外边。她就像是在打鼾的途中停顿了，接下来还会把剩余的空气吞进去。那些听讲的姐妹后来说：“神对以色列说，约瑟必给你送终，将手按在你的眼睛上。然而张奶奶到死都是睁着眼的。”

然后是少女在哭。这种哭充满对成人那种哭法的模仿。瑞娟捶打床沿，高声谴责自己没有给祖母好好做饭，正因为没吃上这顿饭，祖母死了（“不是吗，不是吗，难道不是这样吗？”她自问自答着），同时她也没有在祖母临终时及时回到她的床前。她就这样像模像样地将责任揽在自己身上，却不曾想，事实就是如此。后来不知怎的，也许是想到人生种种不愉快和绝望的事，少女索性放开缰绳，纵情在尸体旁号啕起来，哭到急切处，甚至不惜跺脚。温姨匆忙赶来，拍打少女的背部，说："要得啊，要得，哭成这样就要得，别伤着了身体。"可是少女还是"我婆啊，我婆"地叫唤下去，几次翻白眼要昏死过去。温姨就这么一直照护着，直到少女回到这理性而正常的世界。她脸上泪痕犹在，人却已彻底冷静。她冷静，同时又带着不解，几乎像是小学生那样懵懵懂懂地跟温姨说："我搞不懂我婆为什么要说这个，我刚刚好像听见她说，我要是死了，就一定把你带走。"温姨几乎是条件反射式地站起身，脸色煞白。半小时后她回到自己家，照镜子，发现自己的脸仍旧煞白，不见一丝血色。直到现在，一想起瑞娟对她说出这样一句话，她仍旧感到身体发冷。因为在老妪就要死的时候，她听见老妪也是这样说的，一字不差：

"我要是死了，就一定把她带走。"

为了证明自己所言非虚，老妪攥紧温姨的手，说："你到时候看着，你看我把她带走不。"

有些人回忆，半夜的时候，他们在柳湖酒吧看见佩戴黑纱的少女张瑞娟。祖母的死让她有了酗酒的借口，她总是说："你知道吗，我婆死了，养我长大的婆死了。"她一边说一边抛洒泪水。大雨下了一夜，像是《圣经》上说的，大渊的泉源都裂开了，天上的窗户也敞开了。清晨，环卫工人李诗丽发现瑞娟俯卧于水洼，已经死了。李诗丽后来返回现场。两名戴棉纱手套的雇工在法医指挥下将尸体翻过来，人们发出惊叹声，在尸体发白的腰部那里有一个尖锐的凹洞，那是因为尸体压在石尖上，压了一夜。李诗丽一直心疼地注意着死者右手中指佩戴的那枚发光的戒指，她曾长时间做心理斗争，要不要将它捋下来。

法医否认是他杀，更否认是移尸于此。“如果是自己溺死的，这么一口水怎么能溺死自己？”细老张说。“那是你没见过而已。”法医小袁说。小袁毕业于赣南医学院，五年本科，高才生，人们比较信他。最终，细老张抱起女儿湿漉漉的尸体。她的眼睛就像死鸡的眼睛，微闭着，留一道缝，牝鹿般的细腿极为松弛地垂下。她如今是那么瘦，和童年那个肥胖的小孩已完全不是一码事。她将自己减肥减到不足七十五斤。起初，细老张听说消息朝这里跑时，怎么跑也跑不起来，走又嫌慢，因此他就跳，一路将自己跳过来的。一看见自己的女儿，他就忍不住大把地掉下泪来。

献给蔡柏菁

情史失踪者

——来自朋友的一个浅薄的梦

我从梦中完全醒了过来。一位陌生人站在黑暗中。因为穿着深颜色的皮鞋、长裤及高领毛线衣，他的身躯融化进黑暗中（此时，光明就像大军从紧闭的绛紫色窗帘外浩浩荡荡地经过）。而那张梨色的形同老尸的脸犹如一盏点亮的光线暗淡的许愿灯，悬浮在我眼前。挺吓人的。他向后退却，就好像不是他不事声张地站在这里吓坏了我，而是我的苏醒吓坏了他。他试图掩盖什么，却什么也掩盖不了，或者说，也没什么具体的东西需要去掩盖。后来我从他那总是盯着一个人看形若痴呆的眼神觉察到，他要掩饰的正是对我的长久注视。他是在我睡觉时潜进来的，一直看着我睡（在睡眠中我咂嘴，像一条毛毛虫那样蠕动与翻转身体，有时还拿爪子在胯裆抠痒）。他一边看着我一边比较他自己，然后不服气地想：这个人何德何能啊，他也不瞧瞧他自己。

醒来时，房间里多出一人，而且还是名男性，我却不害怕，或者说害怕也只是程序性地害怕，这让我对自己感到不可思议。我们僵持的时间越长（他将右手半举在左胸前，呈半握拳状；左手抚摸着腹部；他的八字胡与络腮胡连接在一起；头发拳曲，然而拳曲得不太自然，就像是被他姨公硬生生扯成这样的；毛线衣显得松垮肥大，肩膀又过于瘦削，因此整个人看起来像是一株被遗弃的黑色圣诞树；他的脸显得小，额头小，眼睛小，鼻子小，嘴唇小，下巴颏儿小，眉骨倒是挺高，就像是立着的一处高坳，从陡峭的眉骨下到深陷的眼窝那儿可能还需要纵身一跃呢；在他身上散发着一股自以为是的悲伤感、正义感，一举一动都有很强的仪式性；他这会儿正半歪着头，眼带一丝哀求，一动不动地看着我），我心里就越出现一个念头。这个念头要我——一名被害人——去同情已来到面前的擅闯民宅的强盗。我估摸着他年龄比我还要大。应有四十岁。这是个来自时间深处、像是重复过多次甚至有点喋喋不休的念头：对他好点。我越是这么强调，越是控制不住自己。在他从背后抽出那把刃长十九厘米、柄长十二厘米、宽度最宽只有三厘米的妄称是不锈钢刀的裁纸刀后，我粗鲁地夺过它。这真是一把滑稽的刀啊，将将能切动西瓜，铅笔都削不了。正因为它丝毫起不了恐吓的作用，我只用单手去夺它。不过当它在纠缠中割坏他长着不少毛细血管的透明耳朵并使耳廓那里冒出一滴饱满的血时，我还是为它所拥有的破坏力感到吃惊。他摸摸，搓捻搓捻，懊恼地看着指尖黏糊糊的血迹，说："有纸吗？"于是我扯出一张又一张一共四张抽纸给他。

他叫马丁。跟着他来的那伙人就没那么好说话了。在听见楼上的动静后，他们冲上来，以饱满的激情——我们常在一些极端民族主义者那里见到这股激情——踹开我所侨寓的这间屋子的房门。插销给踹脱了。你妈×给脸不要脸是吧，他们连出数掌，将我推向墙边。马丁厌烦地走到他们和我之间，埋怨他们。可以想见，起初他们是想一起上来的，被阻止了。马丁说："让我一个人先上去试试。"而这可能还是她的意思。不要得罪他，她凄凄切切、病病殃殃地躺着，声音微弱地向她的表哥马丁交代。

他们不是出于恶意，而仅仅只是认为这样做效率更高，才将我架起来。我感觉自己就像是在云端飞翔了一会儿，然后被塞进一辆黑色的没洗过的奇瑞轿车里。车内满是烟蒂被残茶浸泡过的气息。他们烦躁地放了一会儿Lady Gaga、刀郎与庞龙的歌，尽显京郊农民本色。途中，我突然抓了一下马丁的上臂，说："你还是单身吧？"

"你怎么知道的？"他显得诧异。

“你脸上有一股像秋霜一样严峻的东西。”我说。

我就没说我注意到他总是拿鼻子去嗅自己惯用的那根食指。在侦察学里，犯罪的人总是控制不住想回到作案现场，以排查是否仍留有证据。仰仗手淫的人也是如此，在潜意识里担忧指间还残留有精液那就像是生石灰或鱼腥的味道。

他的母亲叫丁弟英，舅舅叫丁本领，表妹叫丁洁妮。若不是他这次前来绑架，我可能要永远忘记丁洁妮这个名字了。

我是在当时还健在的钱柜KTV套间认识她的，或者说是她在那里认识我的。当时我与身边一位丰腴的女孩相谈甚欢（不知为什么，一想到白嫩丰腴的女人我就心头发紧，喘不上气来），直到我违背祖训（“紧闭嘴，慢发言。”我的父亲屡次这样交代），轻易置评当时流行的某位明星（我认为双栖是一个人在躲避自己两方面的无能），挨到对方的一顿狠戗。我望着茶几上像塔楼一样林立的喜力酒瓶，懊恼极了。这次打击给我留下严重的心理阴影，以至于有三周时间我都不怎么敢议论别人。我哪知道到处都是这歌星的粉丝呢。我以如厕为名义，离开了钱柜。有人为这次周末常有的聚会留下一帧照片。当时我处在右二，右三是胖姑，而丁洁妮处在右六，也可以说是左一。那是个沙发转角的地方。她双手抱头，仰着脸，静听在房间内冲来撞去的歌声，以及梳着大奔头的我对邻座的恭维。那时我表现得像一名雄辩家，像一头狮子。几十天后，我对胖姑娘没演说完的东西，滔滔不绝地对丁洁妮说完了。我说得是那么痛快和意犹未尽。我想起一位卖力的球员，在得到教练的明确指示后，上场将几乎能碰见的对手都铲翻了，铲完大嘴一咧，齿上还滴着痰。当时我和丁洁妮坐在一把海蓝色遮阳伞下，她南我北，雨急切地来了一阵，打落在伞布上的铮铮淙淙的声响让人想起歌剧院经久不歇的掌声。《新京报》最后一版预测这是场“廿年不遇的大雨”。然而一会儿它就变小了，毛毛细雨在意外出现的日照里斜飘着。其间，一架飞机从平地起飞，在上升的过程中，都能看见它收起机轮，就像鹞鹰缩回双爪并将之贴紧于腹部。我静静地看了一会儿森白的机腹，接着讲了下去：不敢相信这样的事实就在眼前发生，哇哦。她一直饶有兴致地听着，简直入了迷，尽管我看出这其中还是掺入了一些礼节性的坚持的。

是她找到她的朋友，她的朋友找到我的朋友要到我的联系方式的，我们在QQ里聊了会儿天，商定来这儿喝上一杯。我喝的是冰镇伏特加，她喝的是袋泡茶。我在顾盼自雄的演说途中，顺带审视了她的样貌。如何说呢？她比胖妞要漂亮不少，却缺乏致命一击的东西。或者说，她有很多可称作“美”的地方，这些美却无一例外，都打了折扣，不能往里细究。比如牙齿紧密，上头却有一层用什么牙膏也洗不脱的黄渍，如果笑得开放点，还会露出大块的法鲁红色牙龈；鼻子虽笔挺，也不是什么鹰钩鼻，鼻前孔处却又平又翘，像是用搪胶材料塑成的一捏就会吱吱叫的玩具鼻子；无脱发征象，然则头发少而薄，好似就那么一小绺；身材比例好，一身瘦骨，但同时你也别奢望她有什么乳房。她穿什么我忘记了。我不知疲倦地讲着，直到缩起鼻子，像狗一样四处嗅起来。就像是雨水冲垮泥沙，使被掩埋的死鼠露了出来，这股子臭味越来越浓烈。后来我们离开那里很久，我都回到自己家了，这股味道还是没消散掉。

在送她的途中，本着一种势必要将事情按一二三四五的程序做完的态度，我拉起她的手。虽说我确信自己并不爱她。我拉起她的手，而她委婉地拒绝，直到，几乎是她自己下定了决心，又许可我握住它了。没什么感觉，手很小，有一种克服不了的陌生感，像是握住松鼠湿润的红色小肉掌。在一条两侧长满梧桐、沥青因雨浇而变得漆黑和分明的宽阔街道，在下午将尽的时分，我们分道扬镳，一名从使馆区走出来的老年男人摘下丝织白手套，优雅地伸出胳膊，让她挽住，一起走了。那是她父王。背挺得像一名将军。

她的皮肤说不上黑也说不上黄，总之不显白。我总觉得这是帝京水土的问题，在南城那些老年人的脸上我常看见与实物酷肖的尘土、沟壑与节瘤，这简直是对他们所处的恶劣环境的拟态。

我们便不怎么再联系。

多天后的一个晚上，我做完所有的事，靠在椅子上，对着电脑发呆，一发数小时。就像躺在一叶舴艋内，任其在音乐的海水里漂荡。直到她在QQ上登录。她闪了几下，像是街道上有间铺子开了门。我百无聊赖地走上岸来。我发现自己死活记不起她的本名来。记不起，同时又无法忍受这种失忆的痛苦，因此就有了对话框内一行无礼的字：

“你是——”

“丁洁妮。”她答道。

我们无话。我将双腿搁在工作台上，视若无睹，望着那打开就再没合上的对话框。左上角是她头像。此时是凌晨一点，好似整个城市睡熟了，上帝留下我一人值守。也许还有几辆封闭的盗狗车在高架桥上狂奔吧。有一阵口琴声自音响内吹响。我心间忽然充盈着对目前这个女人的爱。我想表达出来。也许歌声结束这种感觉就不存在了，不是吗？得抓紧时间。我很难形容那晚的自己，也很难形容现在的自己，有时我会为自己过于无耻下流而感到恶心。我顺理成章地忘掉对方，然后又恬不知耻地向被遗忘的对方索要那已由其收回的爱情。我不慌不忙，像心理素质奇好的骗子，在伎俩全然败露后，还能拿着道具逼问对方："可它就是便宜，不是吗？它就是便宜！"有一回，有一名女子突然向我声讨，说男人没一个可信的，就连我也是。我等她发泄完，弄清是我和一位哥们儿的闲谈（在那里我说出了对她的真实看法），被这哥们儿泄露给了她。我一边给变节者发愤怒的短信，一边认真地看着她，说：只因我感受不到就像我爱你那样的你爱我的热度，你知道吗？我感受不到；我渴求的是滚烫的情感，而你给我的连热水都算不上。她求我别这样说，可我还是要说：我们多多少少都是恐怖分子，你知道吗？在爱情里。

别说了别说了，我相信你，她说。

有时我以这样的理由——难保对方就不是逢场作戏——来宽慰自己绝不道德的行为，或者说提前安慰可能失败的自己。

我忘记自己前一次因何逃开对方。我觉得那个逃离的我是个傻×。我记起眼前这位丁姓姑娘一切的好。我质问自己为什么要放弃这样一位脸蛋又小身材又好，同时可爱得就像是一只灵鸟的姑娘。一时间我根本没办法管理自己那汹涌而至的爱了。我开始以一个爱情追求者的身份，以一名恭顺而饥渴的廷臣的身份，郑重地向她讨要那张照片。这种行为让我想起自己在二十岁前坚忍地请求一名女孩脱下她的裤子。哪张？她问。旋即又表示拒绝。就像她才觉察出这种骚扰的无聊。在这方面我经验并不匮乏。趁着是在网上，我尽情地撒泼打滚，又是哀求又是礼赞，什么肉麻的称呼都使上，终于使她将那张一个人站立在奥运会结束后的湖景东路的原照传了过来。那时残奥会都结束了。她一只手拿金色稻草编制的纹理粗糙的草帽压住腰带，一只手拎着高跟鞋鞋跟，光溜着长腿，站在橘色的夜灯下，扭身回首，看着镜头。能通过飞舞的发丝、被吹得一干二净的街面感受到照片里的风。只有在这时，一个人才会拥有城市。只有当大家都放弃了对这里的占有，都打烊了，她才拥有了这条街道，和那些鬼魂一起。

我们又是约在白昼见面。她穿着淡青色的打底裤（不知怎么让人想起尸斑，有些缺乏自信的女人总是在一些奇怪的颜色上做出赌气的尝试）、白色百花衬衫（印花和翻领都不错），背华伦天奴的包，戴SSUR黑底白字小帽子，着黑色耐克鞋。外套是一件牌子叫“事竟成”的蓝色中年男士加厚夹克，应该是她那将军父亲穿的。她这样罩一件御寒的衣服，像是演员在冬天演夏日的戏，这会儿还没叫到自己，且休息着呢；或是大病初愈，弱不胜衣。她看起来是如此怕冷，脸上却又淌满汗。汗水在化好的妆上犁开一道道槽，新的汗又将这槽泥冲垮，因此满脸黏糊，像是鱼儿临死前在这上面吐了很多泡，或是鸟儿拉了很多屎，又或是钢笔尖刺入蛋清，蓝黑墨水在里边已有些洇开。浑浊的拖泥带水的汗汁沿着下巴尖滴下来。她一边包紧自己的牙龈笑着，一边用仓促折好的“心灵手巧的小玩意儿”——一把小纸扇——扇着风。嗯……我眼睛骨碌碌地转，望着她，嘴上支应着：这个……有时实在说不出什么来，我就保持一种看似诚挚的微笑，一边端起咖啡杯将嘴凑向它，一边貌似感兴趣地抬眼看她，听她说话。此时我心中已洞明，当初为何会金蝉脱壳，跑个没影了。脱离实际的想象是个坏东西，是毫无原则的滥情主义者，它总是教唆主人做对他自己不利的事情；近距离观察才是忠诚而理性的仆人，总是本着负责任的态度告诉你底线在哪里，提防你犯错。为了尊重这名老仆的意见，我在归来后，删除了她的联系方式，甚至加了黑名单，想想还是弃用了这一QQ号。虽说她看起来就不是纠缠不休的人，我也没什么把柄落（我喜欢帝京人将它读成“là”）在对方手里。事情就此终结。她就像一头看似庞大的抹香鲸，孤独地死在我记忆的脑海里，被腐食者及多毛类和甲壳类小型生物食用四到二十四个月，悄然分解。我一生中要忘记很多这样的人，经过我的，我经过的。几百个，成千个，上万个。不喜欢就是不喜欢，你劝自己也没办法喜欢。

马丁对发生在其表妹身上的悲剧简明扼要的讲述，让我想起M.普鲁斯特在《追忆似水年华》里所写的一句话："法兰克公主被杀的当夜，原来由金链吊在现在后殿那个地方的一盏水晶灯忽然脱钩落下，灯罩没有破碎，火焰也没有熄灭，只是砸进了石头，灯的分量居然使顽石塌陷。"[1] 2012年8月8日，一颗直径七百毫米的花岗岩石球从天而降，有如急坠的陨石，将北五环一处人行道的地面砸碎，甚至使地皮起了一层涟漪。《京华时报》《新京报》《法制晚报》《北京晚报》及稍后的北京电视台《法治进行时》节目对此事均有报道。很难界定这起坠石事件与丁洁妮卧床一事之间的关系，实际上它也成为法律的难题。

它当然不是什么谶纬，不是什么芝麻灰色的圆球的坠降预示着她将遭受一场祸害，而是它直接就祸害到她。然而又不是这起码有五百公斤重的石球直接将她砸得脑浆迸裂、脊椎粉碎性骨折或者索性将她拍成一张肉饼（这些都是她那激动的表哥的形容）。它仅仅只是在距离她六七米开外的地方什么也没伤着（除开那块大理石地面）地落下。这是个在诉讼上毫无说服力的距离。如果仅仅以此就支持前去讨要说法的丁洁妮的父亲，那么整个北五环的人民都可以据此来讨要损失。然而它带给目击

---

1 参见李恒基、徐继曾译本（译林出版社，1996）。

者丁洁妮的精神损伤又是如此巨大：她感觉双手的指尖像摸到光溜溜的球面，甚至感触到其阴凉，然后她就被弹了出去，像水珠溅开那样，弹了出去。她坐倒在地，有几天说不出话来，并且失禁。

从肉体上说，她毫发无损。然而精神之船却一劳永逸地被击沉在水底。她的情形日渐艰难，终至于奄奄一息。她的父亲，数次向事故责任方提出索赔。他强调的是，无论如何，一个石球从楼上滚下来都应该算作安全生产责任事故。人家承认了这一点，却声明这样的安全事故和令爱令人遗憾的病情不存在什么因果关系，道歉可以，要说赔偿，一个子儿也甭想。丁父盛怒难平，索性到纪委举告（他拍摄下对方办公桌上一包撕开待用的“黄鹤楼1916”香烟），谁知还真把人家告下课了。“闺女啊，他不看好自己的职工，他的职工不看好楼上的球，导致你这样，现在，他被免职了，永不录用，你要早早地好起来。”他柔情似水地说，然而并不管用。

“她看起来不行了。”马丁一边缠着头巾（他从车里扯出一块长三米的黄褐色抹布，里三层外三层，斜着从头上缠起来，遮住耳廓上的伤口。要不要紧？要是要紧的话我就揍死他。车上那帮年轻人恶狠狠地问他。这有什么要紧的，他说）一边说：“因此，我们找到你，你能理解吗？”

“我理解。”我说。

“你理解就好。”

他没有说得太明白的意思，下车后，由他舅妈，也就是丁洁妮的娘补全了。“你就是小牛啊，”她迎上前，端详着我，一边摸了我的左腕一下，“早应该请你来的，（今天）请的方式不对。”

“没有，没有。”我说。

此后一路的交谈，她都恭敬地陪侍一旁，像卫队长那样谨守身份。我差不多也这样。有时，她会忍受不住好奇心的滋扰，用余光窥测我。她的眉毛掉光了，光光的磨得像鹅卵石一样的额头，隐约保留两条高耸的眉路。她将发髻梳成羊角状，额骨边上，一边一个。向后梳理得干净的头发上搭着一块让人丧气的类似洗碗布那样的白色头巾，它垂挂在双耳旁，直达肩部，这使她看起来有点像斯芬克斯。她是穿着深红色的睡袍出来迎接我们的。这地儿尘土飞扬，不知怎么让我想起自己出生的乡镇，有着鸡埘、尚在调和中的水泥（铁铲还插在里边）、难以忍受的暮色、穿大人衣服的小孩和那些需要他们不时吸回去的鼻涕。院落或平房有很多是红砖砌的。到处是破损的水泥台阶，野草在罅隙处像旗帜一样孤傲而愚鲁地生长。不过这里毕竟是京畿宝地，和我那南方的老家不可相提并论。让我诧异的是，在她脸上呈现的一直是一股置身事外的冷漠，就像赴死的不是她的女儿，而只是邻居家的谁，她只不过是本着人道主义精神过来搭把手。也许还可以这么说，任何事都改变不了她对自己的钟爱。正是这种自珍自爱、自我赏识，使她对世界采取了听之任之的态度。她使躯壳之外的事物与她保持足够的距离。途中她随意问了一声马丁：“怎么缠着布条？”未等回应，她又向我继续介绍丁洁妮的病情。他回答说：“自从得了头痛病以后……”她一耳两用，接口道：“要真缠的话，你最好是用开司米头巾。”接着她又对我稍微一笑，说：“他怪里怪气的，我们且不理他。”说实在的，我很喜欢和她相处，因为换作别的老娘，我不知道她会不会掐住我的脖子对着我怒吼。这种冷漠可能还有一种解释，就是她还有别的后人。后来我从马丁处探知到她果有一子在巴黎第十一大学念书。她没有将洁妮患病的消息告诉他。这是可以理解的事啊，我长叹一声，情有可原。

“以后也不告诉他吗？”我问。

“不知道。”马丁说。

丁洁妮罹患怪病后，先后在友谊医院、安定医院就治，后转院至协和，最后从协和东院迁到西院，眼见着病号服越穿越大。自打本年入秋后，她就一次床也没起过，总是侧躺着，失神地望着外边。有时怕她得席疮，给她翻身，才翻，她又艰难地自己翻回来。有时在她眼前晃动手掌，她也不眨下眼，直到她自己觉得困乏了，才眨那么一下，用时比一次呼吸还长。“说起来，我洁妮命怎么这么苦啊。”大概是觉得身为一女之母，多少得有些表示，因此这位母亲抽出纸巾，擦起眼脸来，而后小心叠好什么也没打湿的纸巾，将它放回右侧的小口袋，“我问有得治吗？医生说，怎么说呢，有，只是走这个科室出去的，也没一个治愈的，只能说是治，不能说治好。你看现在，她吃了大量的激素，因为吃激素又吃了大量的钙片，常常抽筋，身体都吃变形了。该瘦的地方胖得不行，该胖的地方瘦骨嶙峋，就是一张皮搭在骨头上，骨头挑着皮。真恶心。”

“阿姨您别难过。”我忽然充满想哭的欲望。我毫无察觉地抓住她的手，引它来摸我的脸。“您瞧，我也这样，吃激素就是这样，满月脸，还有水牛背、向心性肥胖。您瞧我的肚子，已经起来了，就像孕妇。我的腿还是像竹竿那样瘦，肚子却像是怀了六七个月的胎。”我说。她抽回自己的手，冷漠地看了一眼我的肚腹。“你说我的命怎么这么苦哟。”她补充道，然后继续讲述丁洁妮越来越糟糕的病情，就像是要用丁洁妮的病情来和我的病情赛跑。因为实在找不到有据可查的可对症配制的药方，每天就是为着预防感染而吊一些药水，医院决定让丁洁妮出院。出院后，丁洁妮像意识到自己被放弃，身体坏得更快了，终于到了大咳不止的地步。有时眼见着就死过去了。“后来我们想起来什么，说起来就像是一拍脑袋，啊，恍然大悟一样，就过去问，洁妮啊，你有什么想说的就说吧，我们去办。现在想起来她是多么害羞啊，都这时候了，她还是拖延了三天才告诉我们，她心里有这么一个男人，这男人就是你，小牛。”这冷静的母亲说。

我对洁妮的这股子浓情，随着我穿过她家那早年刷了白漆因而现在愈加斑驳的院墙而顷刻消散（我想尽快走进她最后退守或者说被遗弃的卧房，坐在那注定已变灰的床单边，拉起她骨瘦如柴的硬邦邦的手，久久地望着她，告诉她，您所经受的一切我都清楚，天父也清楚。我还要展示不久前我也做过的手术，虽则只是微创手术。我将讲述手术结束后提着引流桶［就像提着两到三加仑的石榴汁］在医院走廊走来走去的事情。引流管走腋下某处插进身体，不时有污血或脓水自胸腔内流出来，滑进那让人欲哭无泪的闭式塑料桶。人啊就这样悲哀地提着半桶子鲜红的积液，去如厕，进食，还有睡眠［医生总是交代不要翻身］。还有就是解除麻醉，人醒来后总是问同样一个问题，问过还问，因为记忆力还没恢复到正常水平。“现在，这里只剩下三两处可耻的口子，像是生锈的镰刀，”我噙着泪水，紧紧拉着她那失去力量的手，指点我身体右侧所遗留的伤痕，“而且您看，因为服药，我已经胖得不行了，我注定是要消失在这肥胖所决定的平庸中了。”接着我听见另一个自己霍地站起来，当着她的面，无情地讥讽我：“朋友，难道您现在就很伟大吗？”)。院内这会儿聚集着许多本地农夫，正抬着一个烦躁的人。话说他们抬着他就像蚁群搬运巨虫。虫向左倾，他们疾趋向左，向右，又齐奔向右。人人竞相提醒，一时喧哗不已。“畜生！畜生！”我听见那因为阻拦而被抬到空中的男人举起一柄漆黑的足有几十斤重的斩肉斧对着我喊。我知道重量是因为它在他顶上晃来晃去，几次要坠落下来。我头脑一片空白。他就像得了疯病，或者狂犬症，正大口吐着唾沫朝我砍来。然而随着我尝试让自己两腿不要发抖，并且好好在这院子里站上几秒，我就感到不那么害怕了。潮信虽凶，但只要我站在安全距离以外（我甚至可以用手去撩那浪尖），它就不能奈我若何。同理，强弩之末，势不能穿鲁缟。我想到“将权力关进笼子”这句话，目下这伙着蓝色工服的农夫的任务就是尽职尽责地将这条疯狗关进笼子。我还想到加西亚·马尔克斯掌控得最好的那篇小说——《一桩事先张扬的凶杀案》，“凶手千方百计找人阻止他们行凶，得到的却是所有人的漠视、旁观”。那真是一个巨大的讽刺啊，孪生兄弟最终为了让自己看起来像一个说话算数的人，不得不打起精神，将圣地亚哥·纳萨尔，当地一名颇有家业的年轻人，给办了。我还想到法庭上一些受害者的亲友，试图冲破法警的包围去殴打被告，然而没有法警的话他们也绝不会动手。我觉得我要是猛喊一声“这地上是谁掉了一张一千块钱”，那些一早就赶来服役的解劝者，定会撇开防护对象，到地上去寻找了。届时，这愤怒的父亲可就真不知道该怎么办了，兴许还会跺脚骂他们。一想到这儿，我就禁不住为自己，也为他，这叫丁本领的老男人感到悲哀。您就演吧，我冷冷地看着他。不久，我见他果然节节败退，像发动机那样无奈地熄火，只不过还要让皮带空转几圈。

——“她就是让你死，你也得死。”

——“她说什么你都得答应。”

——“×你妈的。”

这些话都是他说给我听的，也可以说是说给他们听的。我尽力表现得震怖慑服。然后随着这股子恐惧消失，我倍感头晕。我闻到这伙人身上洋溢着一股呛人的味道，而随着一位热情的中间人牵引我过去请罪，我又意识到，这令人恐怖的味道其实只滥觞于丁本领一人。就像走进一间堆满尿素的仓库，我开始哭泣。当我的睫毛不受控制地扑闪时，我依稀记起某部黑白电影里有一只被系住腿部的乌鸦，在受到惊吓以后，它疯狂而徒劳地扑打着翅膀。不一会儿，我就感觉浑身上下覆盖了一层灰泥，就像雪夜过后仍滞留路边的小客车，车身，特别是车窗蒙上了一层黄色的泥团。这世上一切的蒙尘者啊，我在心里悲叹着。

我想起朋友们在聚会上肆无忌惮地座谈体味（包括深怀这门绝技的人）：

——遇到一个人，那味儿，辣眼。

——呛得人眼睛睁不开（有人补充：艾青说，为什么我的眼里常含泪水）。

——有一种气绝而亡的感觉。

——一股味儿扑面而来，拿橙子皮放鼻子边捂住都没用，我当场从教堂里逃了出去。

——感觉一股尘土朝我卷来。

——呕吐，眩晕，窒息。

——地上死了一层蠛蠓。

——是一股馊掉的炒河粉味。

——是出租车那特有的上万人留下的汗味。

——感觉呼吸道被灌进糨糊。

——熏得我直咳嗽。

——是一大堆促销的洋葱头的味道。

——是孜然味。

——是韭菜那发冲的味道。

——是硝酸盐分解的味道。

——是马尔克斯写过的，“一股催人泪下的氨水味儿”。

这些味儿毫无疑问，都不如丁本领的来得带劲。我感觉鼻子就像被狠狠揍了一拳。据说在钱学森回国后，美国海军次长说，钱在哪里都抵得上五个装甲师。如今我想说，我面前此人，抵得过四十吨化肥。对不起，我声泪俱下，朝他再三鞠躬，叔。而他呢，仍僵硬地待在自己扮演的角色里，像老戏里演的那样，愤怒地甩袖，哼，转身走了（关于他身板的硬朗、在潜意识中对这种硬朗的自鸣得意，以及这种自鸣得意所带给他人的恶心，我觉得有必要补述一下：他总是骨碌碌转动黄色的像猫一样的瞳仁，斜睨着病弱的乡党［以下的眼袋大得跟卵袋一样］；长着一头刺猬般浓密、粗硬、无懈可击的棘刺，颜色也差不多，褐色与白色间杂，这种生命力旺盛同时让人不舒服的颜色使人联想到花托内挤在一起的葵花子；总是哈着嘴，有节奏地，像盛暑的狗那样，吐露着因潮湿而莹润的粉红色舌尖）。走向正房时，他提起一件晾着的真丝面料制服。我记得清楚的是，正因为提走这件纯桑蚕白织丝的高档货，墙上贴着的一张罗荣桓元帅骑枣红大马漫步山间的年画才显露出来。丁本领抖抖衣服，掸几掸，像是提笼架鸟者那样美美地叹息了好一会儿，才朝卧室去了。他再度出来时，双手在系腰带，白色制服已熠熠生辉地穿在身上，这回还佩戴上带镶边与流苏的金黄色剑形肩章。我想起第一次遥遥见到时他正摘下的丝织手套，现在也戴上了。我对他的身份一下子有了把握。在生病前，我曾经去过亮马桥那边的使馆区，参加过一次大使官邸午宴。落座后我感觉被一股凝重的气氛给箍在那儿。我很不喜欢这种场合。它的一整套无法省却的礼仪要求，让人无法安心地投入到进食这一美事当中。比如：在吃水果时，常上洗手钵，所盛的水，常撒花瓣一枚，系供洗手用，但记住，只用来洗手指尖，切勿将整只手伸进去。因此，刚吃完水果的手，不宜用餐巾擦，应先洗手指，再用纸巾擦干。我装作不饿，盯着火苗忽闪忽闪的大理石壁炉，里头的木材烧得噼啪作响。一位像今天老丁这样打扮的中国男子，五十多岁，刽子手一样，背着一只手恭敬地侍立在身后。不时地，他用甜蜜的肢体语言请示我是否来点白的，我以为这是一种程序上的好意提醒，一饮而尽，他稳重地给我又添了半杯。我连干数杯，直到他给我又来了点红的。据说仅仅只是在客人走来前将座椅拉到一个合适的位置，他们就训练了两百小时。我不知道他在耐心地给我倒酒时心下藏掖了多少耻笑。最后，仅仅是为了防止自己在此地一句话也没说，我问："老兄，您是哪儿人？"

“山东。”他鞠了一躬，竭尽全力地回答。

也许凭丁本领身上的体味，他上不了这厅堂。但也难说，西方人在劳动者权益保护方面毕竟领先我们很多年。一名高级侍者，我盯着这自豪的可能文化水平不高（正因为如此，他们对本职工作极为看重和忠诚）的男人的身影，这样判定他。

要到走过庭院支起的樱花树，我才知道今日同时来了两位老者。一男一女，加起来快有一百四十岁了。他们正相依为命地坐在一张没上过漆的圆形餐桌边。男的偏瘫，身体的一半几近死了。左眼就像一粒玻璃球陷在耷拉的眼皮里，转不太动；他的右眼倒是健康而活泼，这会儿正不停地朝上睁着，像是眼睛内飞入了小虫子。辣啊。为了掩饰这酸胀的感觉，他不得不频繁地打哈欠。而女的，他的妻子，则在扑簌扑簌地流泪，就像刚刚从妯娌处听到什么伤心事。

“爷，姨，你们怎么在这里？”我问。

他们像不认识我一样，遥遥地看了我一眼，然后就认真地应酬去了。他们的普通话训练全部来自《新闻联播》。在丁本领穿着那件白光闪耀的制服进来后，我的父母拼着命掀起自己的身体，恭迎一旁。兴许在他们心中，丁是来自军队的某位要员呢。空军的，或者至少是三军仪仗队的。“火工！可能就是某个使馆里的火工！甚至是殡仪馆的工作人员也说不定！”我欲提醒他们，却发现自己怎么也喊不出声来。我和父母相距不足一米啊。我只能像个无法分辩的哑巴，痛苦地摇着头。父亲一直在洗耳恭听什么，有时会抬起眼睛，毫无感情地瞅我一眼。

在他们吞吞吐吐，像骗子一样似乎是不怀好意地介绍一些情况时，我的父亲，突然像一名政治家那样敏锐地抓住事物的本质与核心，果断地插话："她是北京户口呗？"

“是。”他们都说。

“你们这里也是北京户口？”父亲问。

这会儿轮到我觉得他荒唐可笑了：难道京郊的户口就不是北京户口？你想什么呢。不过，在得到确切答复之后，父亲就变得极为爽快起来。Cheers! 我听见这个只有高小文化的小镇退休工人频频举杯提议。我真没办法跟他解释什么（这时，我第一次看见他理我了，他饶有深意地看着我，仿佛在说：你傻呀，身在福中不知福）。然后他夹起一块猪蹄，妄图塞进歪斜的嘴里。他一咬，它就滑向一边。最终它叮咚一声掉在面前的盘子里。“以前不晓得吃，因此身体吃亏上当，现如今呢，见什么吃什么，有么事吃么事。”听见他这样频繁地以百分之六十是方言百分之四十是普通话的调和语言与他们交流，我感到羞惭极了。我的母亲在一旁什么也不说，只是冷静地看着每一盘菜，细心将它们与南方的菜系比较着。有时她会征询地看我一眼：这是么事东西？这东西也能吃？不一会儿，庭院里塞满劝吃劝喝的喧哗，这股喧哗就像插满刀叉棍棒的云层悬停在我们头顶。有一个人端起盆子猛然吞吸当中的余汤，竟使我的心脏出现失重。有人说："不干不净，吃起来不得毛病。"马丁，那像佛国王子一般优雅的人，正和他的舅妈坐在一起，他们不动食箸，因为不能远远坐开，只好高高坐直，肩膀也耸着，就像这样多少能避开他们一样。

整整吃了一下午。

最终，丁本领站起来，提议大家一起举杯。他的腋下湿湿一团，背部也湿透了。餐桌上唯留残羹冷炙，飘荡出一股猪潲那样又酸又臭的销魂气息。众人有如《西游记》里来赴宴的妖怪、幽灵，个个酒足饭饱，满面红光，打着饱嗝儿，绵延一会儿，就要回洞去。他们有的拢起一只手护住嘴，用柳枝剔牙，有的则将整个拳头塞进嘴里去挑拣，有的用舌尖在齿间反复抡，有的掰开回形针，将牙床刺出血来。实在是没法再满足了，有的人竟因此抽泣起来。随后，他们抬起手臂，有的还出手搀扶，让我那行动不便的父亲先行。我的父亲呢，一边抖索着腿，紧张地看着即将落脚的地面，一边分出精力与人打招呼：好，好，还讲这个礼，凝（您）还讲这个礼。我看见丁本领，那犹如船长的老年男人，此时正孤独地站着，一只手扶着桌面，茫然地望向远方，泪花几次要滚出来而终究未遂。所有嫁掉女儿的人都会遭遇这么一刻：总算将一件事办完，同时心灵空空荡荡。过了好一阵子，他才从烟盒里取出一根烟，捏着它在硬盒上来回地墩，直到将烟丝墩得没办法再结实了，才掏出Zippo点着，悠长地吞上一口。而后他逐个去抚摸自己在庭院里精心培植的诸如铁梗海棠、四季桂花、六月雪、红豆杉、霸王鞭（在北方极为罕见）、铁树、蜡梅等三十余种植物。

事情的最后结局是：

客人们搬来简易板凳，三三两两坐下，也有的倚在游廊的柱子上蹭痒，喝着泡开的银针，殷切地看着我走向夕阳照耀下的阁楼。我记得阁楼上盖着一层薄而漆黑、积着雨水的油毡布。通往阁楼的楼梯，木板上布满毛刺——是随便钉起来的。我的姑娘、追求者、失而复得的情感奴仆、强加在我身上的未婚妻，或者说一个注定还是要遭受我残忍审视的可怜虫，就偃卧在里边，承受着死亡的煎熬。死亡他老人家，正像街边的老人，沉稳地摇转她那像爆米花机一样的身体，让她身体的每个部位均匀受热。兴许她在哼唧，兴许连哼唧之力也没了。我踩上楼梯，听见吱吱嘎嘎的声响。这响声在两个世界都响了起来。这是一种奇妙的很难传递的感受，就像一个人听见自己打鼾因而醒来。

我迟疑在那里。“继续走啊，莫回呀头。”我听见我的父亲喊过来，而众亲戚（那些一下添加到我身上的亲戚，那些表哥、堂哥、姑父、姑妈、叔叔、伯伯、舅舅、舅妈、外公、姥姥、姨父、姨妈等等）则有节奏地打起拍子来。

这时，我从梦中完全醒了过来。

虎　狼

1

我像一个隐身人出现在研测所门前。我的脚步夹杂在一群迁徙归来的人的脚步当中。为首者拉着拉杆箱，固定脚轮在鹅卵石上滚动，自北向南，穿巷而过。五点过后，天色每隔几分钟就变黑一大块。他们一个个穿得像牦牛那样隆重，以抵御故乡那著名的湿冷。我悄悄停在研测所门前。只有它还有生意。鱼先生与一位缩着脖子的妇女坐在取暖器前，翻来覆去地晾晒手掌。“是啊是啊是啊。”他们极为亲热地回应着对方的话。

之所以叫鱼，是因为他的脑袋长得像鱼头。因为双颌前突畸形（龅牙）及鼻梁骨凹陷，嘴唇成为他头部最突出的部位。勉强闭口时，下唇下方与颏部之间便有明显的软组织隆起。在上唇两侧各有一根长须，与鲤鱼较像。

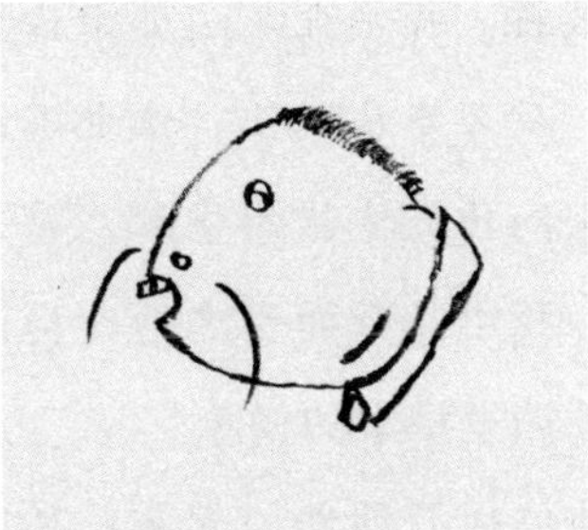

鱼的这种流线型构造便于其在水中快速持久游泳。鱼先生一年四季几乎都像乌龟那样伸着颈部，使脑袋及处于脑袋最前端的唇齿游离于身体之外，似乎也反映着一种进化的力量。自从那扇光明的门被永远关上之后，他便充满探听与倾吐的欲望。他是如此渴望获取外界的信息，如此渴望与外界发生交流，他不停地侧过脑袋倾听，不停地问问题、笑及讨好对方。为招待来客，他置办了两条长板凳，每条可坐下四人（尽管在一些顾客看来，算命应该是一件私密的事情）。当我悄无声息地走进去时，那穿着茄紫色羽绒服的妇女无声地转过脑袋，朝我看来。我后边跟着一位穿槐黄色呢子大衣的妇女。这个时机比较好。后进来的以为我是里边的，里边的以为我是外边一起进来的。我几乎和来者同时坐下去。她坐向南边那条板凳，与先来的妇女坐在一起，鱼先生轻轻转动取暖器，使后来者也能得到暖光的泽被。圆形的反射罩发出炫目的光芒，像向日葵一样，总是朝向来者。我坐在东边那条板凳上。后来者略微不安地看了我一眼。我又不认识他，他也不认识我，我想她是这么想的，她转过头向鱼先生报出生辰八字，这没什么不妥。我尽量让呼吸平稳。我可是堂而皇之地让自己藏在他三尺之内，甚至都闻得到他裤裆里烘干的臊味。

他信口开河地说起来。和以前在这条街（东街）北口看见的他一样，只不过手中少了一把二胡。以前他们瞎子一字排开坐在墙根，一边晒太阳，一边等待顾客。现在他们都在靠南口这边租下门面，自立门户。鱼先生的叫袁天罡研测所。室内只有一块电表、一杆挂起的秤、一台饮水机及一只快到点时发条就会抽搐作响的座钟。北风沿着巷子一路吹来，吹进屋内，我有些倦意。他尽在胡诌。我回头看了眼，街道更显孤寒，对面卖袜子的女子，跺脚如鹤。很久才跺一下，一直提着那条腿，然后找个机会再跺下去。我转回头来时，猛然看见他整张脸对着我。我差点站起来。他的两只没用的、蜡白色的眼球正盯向我，脑袋轻微摇晃。我被那双眼睛所呈现出的完全的空洞吓坏了，就是在这空洞中藏着极大的愤懑：我不希望有人偷偷出现在身边，捉弄我，真不希望。她们跟着来看我。我努力使自己相信也使他相信，这只是瞎子常有的自我惊扰，他们经常会以极有把握的姿态做出漫无目的的攻击。我可是一点声儿也没出。

我屏住呼吸，等待他慢慢安心下去。然后就在我也跟着安心下去——他松弛下来继续和穿呢子大衣的女人说话——时，他忽又转过头来，对我露出极为怪异甚至是嘲弄的一笑。我脸色红透了，尽管他什么也看不见。

我低估了一名领主保卫其领地的警觉性，同时也低估了一名瞽者在感知方面的异能。也许骑行人路过时像燕子一样擦掠而去的影子也能使他心惊（我在师专时的哲学讲师曾反复宣扬“影子是有质量的”——“存在即为质量，比如影子、光”。然而我相信，敏锐的瞽者确能察觉到那短暂经过的阴凉，捕捉到气流的细微变化），更何况我还是带着一身的味道进来的。长途旅行的味道深藏于我的头发、外衣以及手套内，无法甩脱。她们说话时是朝着他的，然而，只要有一两次是朝向我（特别是说到紧要处时），便足以使他确信：这里存在一个人，一个让她们不安的代表无神论的年轻人。他可是终日坐在这里，嗅觉、听觉、触觉被切得四四方方，像篱笆一样扎在他租下来的面积里。从前我听说，一些神奇的瞎子，拥有比常人更强的发现事态的能力。他们仅仅因为听见十几米外的路人停下咯噔咯噔的脚步声便判定自己身后有一位犹疑的陌生人。他们转过身来，在对方向自己打招呼前，向对方打招呼。

我们总是忘记这一点。

鱼先生继续其无耻的演说。对他而言，只需张开口袋，那因轻信而总是迫不及待出卖自己的穿呢子大衣的妇女便会自己跳进来。这样年纪的女子总是算命先生、魔术师、感情骗子最好下手的对象。我只认真听了一会儿，便昏昏沉沉（他的语调里有着某种滑稽的音乐性，使人的意志瘫痪，催人入眠）。在我看来，他的表演实在是有点肆无忌惮：

起先，

念一段口诀：

□□□□□□□□

□□□□□□□□（押韵）

其次，

解说口诀，说模棱两可之话（如“比上不足比下有余”），察言观色，旁敲侧击。

再次，

等待对方透露信息，仿佛在A或B间做二选一。

最后，

坚定批断。对方如透露更多信息，则大声抢白，将结论据为己有。

如此反复，

算过对方现在的年龄后，处处批断，有若法官逐条宣判。

在鱼先生说出“我们不妨将计就计”的话时，我忍不住嗤之以鼻。然而还是挡不住两位妇女交相称赞他的神奇。她们总是将自己告诉对方的误会为对方告诉自己的。“是啊是啊是啊。”她们和他热切地回应，这种忙不迭的热忱与全然沉浸其中的兴奋，就像是在内院听见阔别多年的亲姑来访。这会儿，那返乡队伍中的落伍者经过研测所，对我说：“待这里做什么呢？”

“待这里听一下子。”

（有时逛商店，店主亲切地走过来，问我看中哪件，我也会散漫地说：“只是在这里看一下子。”）

“别晚了。”

他快步走了，带着赶不上车的焦灼。天在数分钟后黑完。两位妇女先后起身。鱼先生跟着起身，全身心地笑着。“是一张二十的。”穿呢子大衣的妇女说。鱼先生谦卑地接过去，取出五元来，找给对方。她们一走，我就像失去庇护，也要走掉。这时，借着取暖器投射出的光芒，我在盲人脸上看见我们常人常有的滔滔不绝之后无法自处的尴尬。我何以如此之饶舌啊，我想他的心灵此时空空荡荡。然后是残存的略带羞惭的笑永恒褪去——像一朵铁花残酷地收拢，取而代之的是极为深刻、尖利的冷漠。戏散了，舞台空了。他摸着钱上的盲文，将它折好，缓缓塞向裤腰处的暗兜，又捏捏那里的厚度。然后站在那里，掐起手指来。我准备像进来那样，悄无声息地出去，听见他说：

“你爷爷是不是艾政加？”

我双腿一抖，心脏出现失重感，就像有一个衬垫的东西等在它每次跳落的地方，而这一次那东西不见了。内心再没有比现在这样更慌乱的了。最深的恐惧在身体内生根发芽。我的爷爷是艾政加，父亲是艾宏松，我叫艾国柱。我不知道接下来会发生什么。他跟着往外走，冷漠无情的脚步声在我身后探索。我走到巷道。“你应当——”听到他要说下去，我跑起来。跑到罗湖停车场时，我呕出一口水。开往我出生地的中巴车此时正好发动起来。他们都说我的头发全然湿透，像淋了一场雨。我没有和他说过一句话。我跟那两位妇女没有任何关系。中途没有人过去提醒他我是谁。事先也不可能有人会去提醒我要来。这是我第一次靠近他。我外出十一年。我是藏身于此县四十余万人口里的一位。我只是和一位熟人（我相信他和他之间也从不曾交流）说过一句话。这么多人，这么多条鱼，缘何他对我一击即中？我趁着他没说出什么（“你应当——”）便跑掉，我相信爷爷当初就是这样一下掉进他们圈套的。

爷爷曾是一名干部，手头辖有四十点四七平方公里的土地。在他的部属正义凛然地审查那些眼神与语词均游移不定的江湖术士时，他由着好奇，去翻阅那些缴获的书籍。对他们，他的态度是轻蔑的。正如多年以后，已是中学生的我，对在抄来的命书上做笔记的爷爷，态度是轻狂的。我斜眼看着这在迷途上一去不返的亲人，既憎恶又同情。对他的训斥总是令我疲倦不堪。“你难道不知道这只是一场把戏吗？”我说。直到今天我仍然认为，算命只是一种魔术，它有悖于诚实。根据一篇文章的说法，魔术的关键是将观众的注意力转移走，然后利用他们的“未注意目盲”（inattentional blindness）动手脚。命书便是障眼法，是魔术师口中吹出的仙气，真实的则是六术：审、敲、打、千、隆、卖；是对你底细隐私的疯狂扒窃。而我的爷爷却沉浸在对命书的钻研之中不能自拔，到最后，人家终于不堪其扰，说：“这就是骗人的，一套套都是骗人的。”他在愕然之余，愤怒地说，你不肯告诉也就算了，何故如此。主动与对方绝交。爷爷因痴信走向疯癫，死于狂躁。因为他悲剧的生涯以及我们命运上相应的波动（我们跟随他从城镇人家变回农户），我们认为，那些神秘社会的人为他设了一个局，苦心孤诣，步步为营，在做很多铺垫后，依左宗棠“缓进速战”之兵法，毕其功于一役，擒捉住爷爷。

“这怎么是把戏呢？”爷爷困窘地为自己申辩，“这件事根本没办法用巧合来解释。”

今天，让我全身像是爬满毛虫的也正是这一句话。我曾设想过算命先生的猎杀，以为它像斗牛，有漫长的过程（引逗、穿刺、上花镖等），我自信能及时抽身，然而就在这自然放松之时，他猛然出现，一击即中，以带钩利剑刺穿我的颈项。我为它可怕的精准颤抖不止。当中巴车驶到那有如闪着微弱火光的坟丘的村庄并就此熄火时，我接过拉杆箱，趺趺撞撞下车，三步一回头，朝家中走去。我生怕穿着布鞋的鱼先生出现在后头（在他的世界里没有光明与黑暗，也许在我们的黑暗中他反而能健步如飞）。在关上家门前，我还对着虚空般的黑暗默默看了好一会儿，直到确信什么也没有。母亲找来干毛巾，塞向我湿透的背部。“都这么大了，还不会照顾自己。”她说。她的个子仍然是那么矮小，动作仍然是那么粗暴、有力。只是我知道，在她的脸上，早已出现像橙皮那样的腐烂斑痕。

有那么几小时，我陷入可怕的狂躁中。我越是知道它的危害——我的爷爷因为过度思考，长久失眠，时常像失控的水龙头那样将食物喷射在床上并最终死于脑溢血——便越是控制不住身陷其中。我仿佛离答案很近，只要找到一根合适的草茎，便足以捅破那层窗户纸，然而到头来却还是一无所获。为何啊，我在漆黑的夜里坐起来，想去县城找那个人，掐住他的脖子，让他说出个所以然。我的脑子里缠满铁丝。最终我是依靠对自己的严厉命令才睡着的。不要成为神奇的牺牲品，我说，不要。

大清早，我找到司机与昨日提醒我早点赶车的堂兄，他们均否认自己与鱼先生认识。然而就在此时，我却觉得事情再简单不过。仿佛，那太阳的光芒一来到田野上，人们的心智与理性便恢复了，整整一夜扑打在身上的器物与声响——那虚张声势的东西——便都不复存在，而他也变成一个伎俩败露的老头儿，窝在角落瑟瑟发抖了。“有一句话就够了。”我的堂叔艾宏仁说。他在村小学教数学，当它被撤销时他调往乡中心小学，然后又在它恢复时归来。他翻出1989年出版的县志，在第446页，列有敝县方言的分区：

县城官话区：溢城、桂林；

乡村官话区：北乡八乡镇——武蛟、白杨、流庄、码头、南阳、夏畈、横立山、黄金；西乡九乡镇——高丰、洪下、大德山、洪岭、九源、范镇、青山、横港、峨眉；

西北赣语区：花园、肇陈、洪一；

西南赣语区：和平、乐园、南义。

当时，我是自北向南通过东街的。在下午五点这样结伙行进的，只能是归乡的旅客。正如早上八九点从这条街向北而去的，多半是进城者。因此东街也被建造为农民进城的集市。对那些城里人（包括住在城郊罗湖村的村民及商户）来说，他们宁愿多走一两里路也不愿抄这个近道。在东街尽头，像口袋一样张开的是烂泥塘般的罗湖停车场。它负责停驻这些乡镇的来车：

~~县城官话区：溢城、桂林；~~

~~乡村官话区：北乡八乡镇——武蛟、白杨、流庄、码头、南阳、夏畈、横立山、黄金；西乡九乡镇——高丰、~~洪下、~~大德山、~~洪岭、九源、范镇、青山、横港、峨眉；

西北赣语区：花园、肇陈、洪一；

西南赣语区：和平、乐园、南义。

堂兄说："待这里做什么呢？"

我回答："待这里听一下子。"

这一句话便足以将范围缩小一半。我们是一个彼此通话感到困难的县。西北赣语区受鄂东南赣语影响较大，西南赣语区则受昌靖片赣语影响较大，与官话泾渭分明。"待这里"是常用词，其读音分别如下：

西北赣语区：dē gé biān（边）；

西南赣语区：dē gé dá；

官话区：de dǎ lǐ。

因此：

~~县城官话区：溢城、桂林；~~

~~乡村官话区：北乡八乡镇——武蛟、白杨、流庄、码头、南阳、夏畈、横立山、黄金；西乡九乡镇——高丰、~~洪下、~~大德山、~~洪岭、九源、范镇、青山、横港、峨眉；

~~西北赣语区：花园、肇陈、洪一；~~

~~西南赣语区：和平、乐园、南义；~~

纵使在官话区，也有诸多细微区别。比如“做什么”，有地方说“做么事”，有地方说“做么何”。说“么何”的地方可删除：

~~县城官话区：溢城、桂林；~~

~~乡村官话区：北乡八乡镇——武蛟、白杨、流庄、码头、南阳、夏畈、横立山、黄金；西乡九乡镇——高丰、~~洪下、~~大德山、~~洪岭、九源、范镇、~~青山、横港、峨眉；~~

~~西北赣语区：花园、肇陈、洪一；~~

~~西南赣语区：和平、乐园、南义；~~

最终只余四乡镇。其中洪下、范镇属较大乡镇，平均每小时一趟客车，最晚发车至晚八点。而洪岭为去往三者的必经之地。因此，在下午五点多说“别晚了”的乘客只能是来自九源乡。

九源两台车：

一台为上线，过范镇赵坳后，路线是主白—罗家—西垄—李畈—中源—上源。师傅是张吉昭、张吉松师徒俩。一台为下线，过范镇赵坳后，路线是白羊垄—李艾—张家湾—李畈—中源—上源。师傅是艾小毛。

自县城出发的最后一趟，张氏的车是17:20（遇夏调整，下同），路线如上，最终空车返张家湾；艾氏的车是17:45，只到李艾——我和艾小毛的出生地——便熄火。“因为我这个儿子懒，”艾宏仁说，“他说这会儿不会有中源和上源的客坐他们的车，他不开自然就没有，他说什么就是什么，想怎样就怎样。”

白羊垄是没人的，藏在密林深处的袁家垄（自白羊垄翻越数里山路可达）以前有四五户人家，忽而一日，只剩四五处残垣。因此当艾小毛在傍晚从县城发车时，赶来乘车的只会是李艾的人。李艾由李家湾、艾家湾组成。出于某种尊严，李姓人自去年起约好只乘张氏的车，村庄与赵坳间的数里路依靠步行——虽然艾宏仁去李家每户散烟请罪，然而最终还是没能改变他们的决心。最终在17:30去赶车的只能是艾姓人。

鱼先生对这些了如指掌。这不过是常识罢了。这些常识本乡本土的人知道，混迹于停车场的小偷知道，在东街的商户也知道——他们总是在傍晚分几次出来，瞅准那去搭车的路人喊减价的信息。只有常年在外的我不知道。你不需要知道，堂叔艾宏仁看着我时，眼神充满体谅，又带有一种试探性的责怪，相比来说，你才像是个瞎子呢。我在想鱼先生。他总是坐在研测所内的那片阴暗之地，张开所有感知的器官——有如暗夜中猎食的猛龙悄然耸动巨翅——捕捉着来来往往的信息，有时这些信息根本无须他去打捞，就像飘进屋内的细雨自然而然地淋在身上一样。他关心交通、天气、人事、治安、政策、征兵、开业、考学、招工、放贷、防疫、殡葬等属地信息，更关心人的信息——只要有一人来到研测所，他就能勾连出来者与很多人的关系（那些在百里地嫁来嫁去的女人像一根根飞线，系紧本地几乎所有的家庭。比如董加洪、董加源的妹妹董春妹嫁给朱志忠、朱志芬、朱志华的哥哥朱志亮，朱志华在同学吴小明家开的汽配厂担任经理，朱志芬是吴小明兄长吴小勇的前妻，吴家四姑吴爱武嫁给横立山陈绪平，生下陈刚、陈勇、陈丽、陈强，其中陈勇考中中国政法大学，毕业分配于地区中院，与周老二独女周海燕结婚。所有人与所有人存在关系。所有人都像是近亲的后代，拥有着乱伦的放荡）。他总是启动脑子里的齿轮对这些关系进行运算，进入深夜后，还会舔着手指慢慢地翻心灵里的这本记载终生的数目账，比对核实。这是一本巨账。天气晴好时，他还会像年轻时那样，到乡下云游，像人口普查员那样，挨家挨户，用竹竿敲打他们的门扉。这本账就是他的全部财产，他占有了所有的人——如果没有对他们的记忆，他就像一叶飘萍，随波逐流，遗失在无知的地界，他不会被人们隔离于社会，却会被自己放逐出人间。

其实我们也是一匹记忆的巨兽。我们有同样的忧虑。四十岁后，我们便都能记住本地的上千人以及他们之间的逾万种关系。鱼先生在社会上闻名，还因为他拥有三段婚姻，每一段的开始与结束，他都是主导者。

艾家湾原有五十余户，在一股进城落户的风潮之后，只剩三十户。

我的声音是中年人的声音：三十五至三十八岁。别人听就是这样，大致如此。家还没离开艾家湾的，具备这样条件的有三人：艾施军、艾施全、艾施坤（艾国柱）。因为几年前的车祸，艾施军在坟里；艾施全起初在白羊垄散养土鸡，后来饲养土猪；余下一位，就是那传说中不要公职出门打工的傻子艾国柱，出去十一年了，身上藏着方便面、香水、混合型香烟、烫发水的味道，以及数日不曾洗浴的馊味。他穿的皮鞋散发着新鲜的皮革味道，甚至可以依据这奇怪的味道断定那是双棕色的皮鞋。

艾家湾近三代的字辈是政、宏、施。政字辈只有七人，宏字辈二十一人，施字辈近七十人。犹如大树，节外生枝，枝繁叶茂。对于这些孙子辈的来说，人数众多，我不肯定自己能记得清，但对政字辈的来说，还是记得牢的，鱼先生想，我可以问他，你爷爷是不是艾政加？

2

促使我在还乡后专程去看一趟算命先生的（我走过东街近十间算命门面，只在鱼先生这间看见还有生意），是一个故事。这个故事让我对地球上所有的女性有了深刻的认识。事情发生在老杨树镇，一个距离我工作的城市三十六公里的小镇。每周我去城里工作三天，回镇上休息四天（十年前，在老杨树边，倚靠着大礼堂的，只有几家路边店，旧轮胎悬挂在窗外，自来水不停从大红塑料盆溢出，冲洗着地上的羽毛与鳞片。一条有如潭水般漆黑的柏油路奔向天边。现在它有三四万人口。每天，几十架飞机从楼宇后悄然升起，银灰色的机身在地上留下巨大的阴影）。起初，小镇的人，张三或李四，每人只占有这故事的一部分，在某人开头后，他们便迫不及待地将它拼凑成整体，就像是共同编织一床巨大而神奇的挂毯。最终，他们都觉得自己拥有故事绝对的私有权。他们越讲越多，以至于内容早已超出原有事实，然而他们还是觉得远远不够。“这真是让人极为惊愕的一件事啊。”他们说。仿佛看见那布匹般的血，再次抖到白色轻卡的前窗上（车身在猛然刹住后前倾了一下，然后才回位）。司机安房瞠目结舌。他不敢用雨刮器及抹布去处理，直到干燥的空气使血渍变成一块块发亮的胭脂色碎片，自然掉落下来。这个故事传播的半衰期是如此之长，以至于在我无数次进出小镇无数次错过它之后，还是不可避免地听说到它：

俊锋的妈

或者说，陈宗火的女人

一位五十多快六十岁的寡妇

没有任何值得一提的伟大经历

也没有哪怕是微小的一桩丑闻或一场闹剧——只要是对自我稍加重视，人便容易出现这样那样俗气或华丽的悲剧不是吗——她穿着

藏青色或靛蓝色的衣服（有时褂子上染着瓢虫那样的圆斑）

像枯叶蝶、尺蠖那样

作为一只拟态动物，隐身于人们眼前
时光一次次在墙壁以及墙壁的空隙上流逝
死亡像一艘极为平安的船缓缓驶来
那个她——人们最终因为某件事记起她时，要想很久很久，才能勉强得出一个结论
在这世上唯一的使命，就是不停惦记她两个儿子中的一个
像悬崖边的少女，双手合十，低首，颤巍巍地
惦念走在钢绳上的情人
星期四的下午，在给他打过电话后
她感到一阵慌乱

这是一种基于对话的逻辑过于正确的慌乱。这个女人在儿子的应答中读出间谍试图通过岗哨时会表现出的忍耐，他们点燃长长的雪茄，摇着礼帽，表现得十分配合，仿佛愿意在这里待上一个下午。这和往常可有点不一样。往常，他总是烦躁地说“就这样”，挂掉电话。有时，听得出来，他摁的是免提，人走来走去，总要在她说话后很久，要经过一阵可怕的静默，他才意识到自己有一项义务要尽，因此回答：“哦。”有一次在等待答话过程中，她眼见着一枚国家的火箭在电视中起飞，在近乎静止地上升很久后，悄悄消失于太空。他是如此不愿搭理她。

起先他们一周通三次电话，后来降为两次、一次。都是她打过来。“一周一次，就这个点打过来，懂吗？”他说。

今天，他对答如流。

就像足疗城门口穿大红袍子的迎宾一样温柔。甚至是带有一丝惶恐的温柔。

这样的慌乱出现时，多数时候只为证明她是一位敏感多疑的女人，然而有一两次——比如他奇形怪状地微笑多日后，被她挽起裤腿，发现那条腿已肿胀一倍，布满黑色的瘀点（“要是长坏疽，这个人就废了。”陈宗火叫骂着，背着他朝卫生院狂奔，而他歪着头，眼带一丝醉意，嘲讽地看着跟在后面奔跑并受到巨大惊吓的她）——便足以证明他是铁了心的叛徒。和他两位夭折的哥哥一样，身在曹营心在汉。从出生起，他的眼神就不对。两位哥哥先后死于传说中的被窝杀（一种发生在睡眠时的莫名其妙的呼吸衰竭），这使她以及陈宗火更为紧张。他就像他的哥哥一样不声不响，似乎在一心等待死神的到来，仿佛那才是他的亲爹，他在等亲爹来接他走。仿佛这等待就是他的事业，而她和陈宗火耽误了他很久很久。

她重新打电话过去，期望能得到他的批准。

“我又没事，你来看我干吗？”他说。

“我就是觉得你有事。”她说。

“你觉得我有事，就有事啊？”他说。

“是啊。”她说。

“我没事。”

“你一定有事。”

“嘿，我骗你干吗？”

“你有事。”

“我说了没事，没事就是没事，我骗你干吗呢？”

“没事，那你咳嗽干吗？”

“咳点嗽不很正常吗？你不也咳吗？”

“你一定有事瞒着我。”

“你这个人怎么说不通理呢，我瞒你干吗？”

“反正我就是要来。”

“别来了。”

“你别管我。”

“我一再说了没事，没事，没事，没事，没事你懂吗。要是有事你来也就罢了，没事你来干吗？”

“就是没事，我去看你一下也不行吗？”

“不行。”

“我偏要来。”

“你这死老女人怎么这么烦呢。”

“我来不是看你。”

“那你看谁？”

“我来看别人。我看别人。做好人好事，带东西去看别人还不行吗？”

“好，你就去看别人吧。”

她以为他挂掉电话了，又听里边传来恶狠狠的一句：“你他妈真有病你知道吗，你真他妈有病。”她失神地站着。不是回味来自儿子的羞辱，而是和往常一样，任自己和自己辩论。第一个她就像是他的继母，或者说是隔壁的婶娘，第二个她是他的亲生母亲。第一个她说：“我从不让我的儿子笑话。”第二个她脸涨得紫红，忍受着第一个她连篇累牍的数落，最终顽强地说：“又能怎样呢，我去又能损失什么呢，不折一分田一分地。”因此，这个女人最终凭借自己心里忽闪不停的不安（也许仅仅是因为当日饮茶过量才导致的这心悸吧），在这个下午昂首奔向十几里外的老杨树镇。

“她就像是只猴子从巨大的载重自行车上跳下来，”开面馆的秋晨说，“她说她打算回去，因为她想起来，上一次她儿子也是这么说她的。”面馆像岗哨开在村道尽头、距离老杨树镇柏油路只有十几米的地方。要到两个月后，俊锋的妈才会再来这面馆一趟，当时她看起来饿极了，狼吞虎咽，鼻尖和额头不停地出汗。“我做的面有这么好吃吗？”秋晨说。

“可好吃了。”俊锋的妈说。

吃完后，她直视贴在冷柜侧面的海报（在那里，潘玮柏正仰头痛饮一瓶可乐），悄悄将餐巾纸挪向桌边，抓进裤兜。“一大沓，有十几张，”秋晨说，“她以为我没看见，或者说，以为我看不见，再或者，以为我看见了也不会说。她可是以为对了。当时我想，都这时候了，还知道占便宜，那就说明这个人没事。”

她扶着自行车，对秋晨说，上一次也是这样说，你这死老女人怎么这么烦呢。他越是这样说，她便越是要来，但上次来时什么事情也没发现，他像是被污蔑了一样，极为愤怒地咒骂她，叫她滚回去。因此她在犹豫，这一次会不会和上一次一样。秋晨忍不住想提醒她（就像知道谜底的人奇痒无比，想对即将走错方向的人做出暗示），然而，在就要接触到对方胳膊时，这名厨娘还是停下了。如果告诉对方……秋晨预测不到这样做会带来什么风险，或者不会带来什么风险。没有比伪装成不知情者更安全的了。秋晨清清嗓子，像上帝一样，慈悲地看着对方在原地打着转儿。她看起来只有自行车那么高，她如何骑上去想起来都是件很滑稽的事，然而她真的骑上去时是那么庄重。她在看了眼时间以及自己已走过的路程后，蹬上几步，提起右腿越过车架，稳妥地骑向镇上。还早，她既像是和秋晨说话，又像是和体内养着的一个小人说话，就快到了呀，再说，这镇上凭什么就是你一个人的镇上。

在这过于光明的下午，镇上的人在失望中走出门来。二十分钟前，派出所和交警中队的警车开出来，鸣响警报器，守在几处路口，拦截车辆。他们的对讲机不停响着，就像有一支舰队要哗哗地驶来，然而谣言只传了几分钟便停息了：并不是什么开国上将而只是一批人大代表要打这儿经过。情况就像预料的，在一辆开道的警车疾驰而去后（它的警报器只是哇地叫了一声，非常突兀），一辆浅棕色的中巴车紧跟着跑了过去。仅此而已。然而他们多少还是朝后边望了一眼，直到寡妇骑着自行车疾驰而下。

她嗖地就飞了过去。

那些认识俊锋以及她的人，禁不住半抬起手，朝前挪动脚步，然而很快便被一种痛苦挡在无形的界线内（就像是水族馆里的鱼焦急地挤向玻璃墙，然而知道自己无法唤醒那匆匆行走在透明海底隧道的懵懂的游人）。在寡妇那张发皱的脸上既没有悲痛，也没有不悲痛，有的只是毛主席所说的“认真”二字。她在极为认真地骑车，朝着儿子工作的地方。自行车掠过寂静的街道，快得看不清车轮上的辐条。对人们来说，这是一种无能为力的、很难去和当事人分享的痛苦，甚至可以说是一种市侩的痛苦。上一次他们如此痛苦，还是看着一位父亲眯着眼，叼着烟，以一种好奇的心态挤向塘岸（他不知道自己何以一下拥有如此大的面子，会让人们一个个让开他。他的独子作为死者，正像一条剥毛的死狗，淌着水，躺在草地上等着他）。

从这个下午起，镇上的人和秋晨一样，都只能带着无用的悲伤，远远站着，看着她一步步闯进事实，沉溺于事实，在事实中挣扎，并在挣扎中沉沦。那后来发生的悲剧就像一把锥子，戳穿人们的内心。它看起来是如此意外，然而又像是命中注定。

寡妇将在这趟旅程的尽头听说：

她的儿子，三十三岁、至今未婚的俊锋，将在三个月后准时死去。

这是经过两位教授（其中一位是博士生导师，另一位是硕士生导师）反复测算出来的结论。那天，他们像将军一样从医学院大巴下来，身后各跟着十几位狐假虎威、不时睥睨群众的学徒。本地卫生局长像条狗一样，亲自带路。在跳上镇卫生院那污秽不堪的台阶时，他们的大褂下摆翻滚起来，阵势煞是了得。因为来者太多，病房内的另外三位病友被赶出去了。俊锋出现短暂的兴奋。他内心闪耀着一种能为医学界做点什么的光荣，他对医学一无所知，然而他知道自己是一具宝贵的活体。

未来，也许还会是一具宝贵的尸体，长久泡在福尔马林药水里（而在整个养病期间，他死气沉沉，身体仿佛早已躺在停尸床上，只等呼吸慢慢耗尽）。同样感到荣耀的是镇卫生院管放射的刘大夫，正是她慧眼识珠，从一堆影像里发现的这一疑难病例。随后在结研所（结核病研究防治所）、市二院做的系列检查（包括痰培养、增强CT、CT引导穿刺、气管镜、骨穿、淋巴结活检及七十多管的抽血等）证实，它

既是肺结核，又不是

既是肺栓塞，又不是

既是尘肺，又不是

既是间质性肺炎，又不是

既是细支气管炎，又不是

既是真菌感染，又不是

既是肿瘤（肺癌、淋巴癌），又不是

既是血管炎，又不是

既是IgG4相关性疾病，又不是

这是一种似曾相识、模棱两可、可以诊断又无法诊断的严重的病。它具有多重相似性，然而又总是能从内在的某处否决它就是具体的某种病。也许未来的医学杂志会给它一个响亮的名分，给出一个解决方案。然而目前，临床大夫只能是安慰性

地给病友吊些消炎的药水，或者为了对付一下咳嗽，开点阿斯美。每天，他就像自我蒸发一样，不可逆地瘦上一圈。因为自身无能为力同时想为对方省钱，他们让他返回镇卫生所。医生一开始瞒了俊锋一个月，然后他又瞒了家人差不多两个月——她总是有理由让他感到羞耻（要么穿一件背部印着厂家名字［譬如“雪津啤酒”］的全涤纶蓝色劳动服，要么穿着那双冬瓜绿解放鞋），因此他一直拒绝她进镇，以免损害他作为镇里人的身份——直到她在强烈的不安主导下，自行闯到镇上来。两位教授翻出压在床底的CT片，对着亮光举起它，互相指指点点，你看，密密麻麻的，比以前那张有很大进展，而且还在发展。这让俊锋想起以前几次所受的惊吓。他去结研所门诊检查时，等化验结果等了一周多，当他重新挂号找到大夫时，对方忽然焦急地说：“你去大医院住院吧，我们是小医院，这样查一项，那样查一项，都是一周后取结果，都把你耽误完了。”还有一次，在市二院，管床大夫看了验血结果，痴立好一会儿，才说，怎么就重成这样了呢。那天，汗沿着俊锋的头发湿答答地涌出来，他全身像是出了一层黏稠的热泥。然而也正是从那天起，他彻底地对生死置之度外。就像是沉迷于游戏一样，他沉湎于对死亡的等待。他恢复了超然的特性，既超然物外，也超然于自身。他戴上耳机，长时间躺着，听一首旋律悲壮但没有歌词的歌，仿佛那即将到来的、即将在自己身上应验的死亡在这反复播放的歌声中获得了一种神性。直到难以遏制的咳嗽又将他掀翻开来。他总是命令自己，忍住不咳，忍住，然而就像赌徒输红了眼，他总是被那难忍的奇痒击败。

他给镇上几乎每个家庭都切过肉。在超市，他穿着一件白褂子，掌管肉案（和医院柔和的白罩衣不同，这件白褂子布料极厚，看起来像是桌布改成的，而且经常起毛）。人们喜欢找他，是因为只要走到那里，他就知道从哪块肉里能切出自己需要的那块来，然后按照他们的心意切丁、切块或者切片。肉分里脊、梅花、五花等二十余种，定价各自不同，然而顾客无论是要多少钱的，还是要多少斤的，他都能一刀切准，误差小至可忽略不计。后来大家认为，也许是为了避免与人做过多交流，他才反复钻研，下刀下得如此精准。这是一位间或轻咳一声、不爱说话的小伙子。他的悲剧诞生于一个上午，正在他一边咳嗽一边将一扇猪肉分开时，斩肉斧停留在半空，打他喉内飞出一块黑红的血团——有李子那么大，或者有较大的樱桃那么大。他眼睁睁看着它飞到猪肉上，以一道明确的飞坠而去又像根本不存在、只是一阵幻觉的弧线。他对着那咳出的东西发怔，好像在分辨那是猪肉本身有的还是就是他自己的。他甚至伸出食指去摸，还嗅了一下。他没有表现出慌乱，而是用一张纸列出最近两天的进食，查找有无西瓜、番茄、草莓、枸杞等容易引起混淆的东西。直到从镇卫生院出来，他才有点虚。他对学徒小亓说，他感到有点不真实。“仿佛世界跟自己无关。”他说。那天，阳光太过猛烈，因为热浪，事物都在变形，大中午的，保安躲在阴暗的地方，卖煎饼的汗如雨下，公路上车水马龙，而他和小亓则拿着一张让医生不得不选择措辞的胸片。

在拍过胸片一小时内，他就等到了结果。

刘大夫让实习生来叫：“陈俊锋，陈俊锋的家属在吗？”

“在。”俊锋说。

“你是陈俊锋的家属吗？”

“我是，”俊锋说，“我也是本人。”

“你来一下。”

这意味着他拥有了某种待遇。别人都是领了片子去看门诊大夫，而他要先被放射科的大夫召进去端详一下。刘大夫很多话只说到一半。她说还要和门诊大夫商量一下。门诊大夫让他最好能及时去结研所查下结核，同时到三甲医院查下恶性病变的情况。那时他还不懂恶性病变意味着什么。他慢悠悠地去结研所挂号。就像他可以选择自己的病症，他选择了结核，然而结研所那慈悲的女大夫将他轰走。

教授们肯定了前任医生的做法。这让跟随而来的市二院医生以及镇卫生院上下都感到释然，他们沉浸在被赞许的喜悦中，明显话多起来。就是在这天，他们的普通话水平和举止的乡土本色，因为有京城来的权威，在乡党面前暴露无遗。然而他们还是要将这件事谈论很久。并不是每个人都能得到许教授和高教授的肯定，特别是高教授，他毕业于哈佛医学院。在是否对患者进行胸腔镜手术以及创伤更大的开胸手术上，他们举棋不定，眼看着时间在自己的犹豫中悄悄而且是坚决地流逝。今天，两位教授非常肯定地认为，他们选择放弃是对的。如果做手术，患者的寿命会结束得更快，而且即使是经手术取出更大的肺组织，也不见得能得出比之前更好的结论。一切无济于事。没办法。教授们将手插进衣兜。就像无法让熊从铁蒺藜中爬出，或者让骆驼从针眼穿过。

教授让跟随而来的、每一个执业或未执业的弟子走上来，在已经撩好衣服的俊锋的精赤的脊背上听诊。吸气，呼气，吸气，呼气，好。他们每个人都带着些微的歉意，举着听诊器的听头，一一领悟导师提及的这种怪病会出现的典型性反应。他们用眼神向已经体验过的同学示意，是的，是这样。这样的仪式举行了很久，只有俊锋一人有理由沉浸在可怕的病情里。然而就是他自己，也变得无所事事。最后，仿佛是为了解决某种置身事中又不能发言的无聊，他问："大夫，请问我的病应该怎么治？”两位教授仿佛看见实验托盘里的青蛙说话，互相看了一眼，最后由那位一直面无表情的答话：“你需要我们做什么？”

俊锋没有再说话。

在所有来者都听完那神奇的湿啰音后（包括毕业于农校的卫生局长），仿佛为了弥补自己的歉意，两位教授找来纸笔，对照一沓血检单与CT影像，粗略地计算起来。他们不时小声争执，在纸上涂画（有时，其中一位还会长时间瞪着对方，仿佛在等待对方的意见，而其实是在使尽全力让自己思考）。他们就像在做一道我们在小学都会遇见的数学题：假如，游泳池内有一进水管，8小时可注满空池，池底有一出水管，6小时可放完满池的水，请问在池水还剩一半的情况下，游泳池里的水需要多久才可放完？100天，他们将下面画了两道横线的结论交给卫生院的医生，误差：±2。在他们走后，整个卫生院都陷入到难以忍受的寂寞中——五十年甚至是一百年不遇的盛景（虽然本地建院还不到五年）：这个行业内最顶尖的业务人才，国际级的权威，可能给中央领导瞧过病的国医，到访。然后，不曾吃饭与合影，走了（卫生院唯一能保存到的是他们留下的那张纸，纸上并不像想象的充满方程式或坐标，倒是留下好几行俄语）。如今，水泥地面还是那么光滑、阴凉，散发着一股拖把拖过的腥味。墙体下沿那一米高的绿漆已然陈旧，甚至连时光也是旧的。

镇上有些人再度留意到俊锋的妈妈时，她已经在往回跑。想来她已在超市听说儿子的消息，自行车也扔下了。她反身朝着自己刚刚路过的卫生院跑去。她夹杂在一堆横冲直撞的摩托车、电动车以及装了电瓶的三轮车当中，像是在深水中迈开双腿那样，艰难地朝前跑。她身体前倾，双手提至胸前左右摇摆。我们很少看见年近花甲的女人跑步，今天当她跑起来时，才知道她甚至不如一名一只脚高一只脚低的瘸子。她的双腿始终不曾同时离开地面，整个人就像是左右扭动着扭向前边。她的脸哭丧得厉害。儿啊儿啊儿啊，在接近卫生院时，她连声悲啼，儿啊儿啊儿啊儿啊儿啊儿啊儿啊。这一次那当儿子的没有再掸开她，而是任她扑在自己身上，不停抓扯着被套。他茫然地望着天花板，发出那种再也瞒不过的叹息。那长长的叹息，就像气球被戳破了，充满对她的责怪，也充满对命运的责怪。

这种痛苦从此像是在她身上扎下了根。

每当人们，或者说，每当她自己认为，她已经正常了一点时，这痛苦便像狰狞的长着尖利指甲的悟空，抓紧她的脏腑。她揉搓着头发，跌跌撞撞走向墙角，蹲在那儿，左右躲闪着——就像还有一个年轻的劳力从外边反复地踢她。她左挨一下，右挨一下，反复挨着揍。她龇牙咧嘴，欲哭无泪，脸扭曲成一团，像是受了寒那样长时间发抖。人们被这可怕的窸窣声、被这无法释放的痛楚吓坏了。直到十几分钟后她发出“哎呀、哎呀”的低喊，它才有点消退的迹象。如果我早点识破你这鬼东西的诡计，这场悲剧也就可以避免了，她责备着儿子，以明确的态度宣布接管他，而后者轻蔑地看着她。就像一把锁明明谁都开不了，然而每个人都想当然地以为自己而且只有自己能开，都去尝试。有时她会痴立于走廊的窗前，望着远处大烟囱冒出的生生不息的白烟，自言自语，我真该死啊，到这么晚才知道消息，我儿子都要死了，而我还活着，我真该死。每一次，当她去纠缠卫生院的医生与护士——她对他们说，你不要看我像是没有钱的样子，我有，我有两幢屋——时，都会给自己带来新一轮的痛苦。她抓着他们的衣袖或者裤脚，恳求他们救救这个儿子，招来的不过是他们对死讯的一次次强调。而在两个月后，正是他们，这些说话虽然冰冷但仍算客气，还给她从饮水机里接水的天使，将她粗暴地按倒在卫生院门前的一扇门上，借着吸顶灯，将指头那么粗的管子插进她的咽喉，直接捅下去，让水灌进她的胃里。水从她的嘴角、从管子口、从戴着橡胶手套的医生手里源源不断地流下来，沿着她的身体、门板的蛀道与裂缝以及台阶流下去，流向昨夜刚燃烧过的、尚留有一丝焦煳味的黑色泥土。她侧躺在浸得发亮的门板上，露出肚脐和蹭掉鞋袜的赤脚，像一头因受伤而昏迷的野猪，在众目睽睽之下，可怕地抽搐。

“这也是没办法的事。”在她恳求之后，他们说。暗示她最好能带儿子回家。

“就不能开药吗？”她问。

“该开的药已经开了。”

他们还想说，在目前情况下，任何的下药，都不仅仅是对病情的耽误，还可能是对潜伏着的病灶的激发，比如激素。这是教授说的。然而考虑到她并不懂，他们并没有转达。

当三十一岁的女儿冬梅和二十九岁的儿子志锋姗姗来迟时，她将全部怒火发泄在他们身上。在这几个孩子当中，她最疼爱的便是最怪的俊锋，而且这种偏心是公开的，屡次声明过的，仿佛怕冬梅和志锋记不清。*我就是要对他好，偏要对他好*。这种待遇上的不平等从他们的童年一直延续到现在。冬梅和志锋感觉自己就是哥哥的奴隶、僮仆和下人。他们明知辩护没有用，然而少不了还是要嘟囔几句。一个说要将孩子放进托儿所，总不能将他丢在外边不管吧（志锋那出自市郊的妻子附和，是啊是啊），一个幽怨地说，你瞧，我自己也病得厉害，昨天还吐得一地都是。自从陈宗火得脑溢血死亡后，冬梅就病倒了。这个病虚虚实实，既不像冬梅自己说的那么夸张（她说脑部的血管纠缠在一起，越缠越紧，就像系鞋带一样），也不像别人认为的那样完全是诈唬（检查得出她血压确实偏高）。冬梅至今还活着，然而这种活就像是巨大的负担，极其残忍地压迫着她——人们从没见过一个人对死亡恐惧得这么早、这么深、这么细致以及这么持久。她无时无刻不在战栗。在血亲接踵而至的死亡到来后，她继承下他们的遗产：脑溢血的种子、急剧消瘦以及急性精神病的种子。这些在亲人身上开花结果的惩罚，这些似乎是不可逃脱的厄运，一寸寸地逼近她。她从没像现在这样觉得自己离亲人这么近。她想自己笃定会以他们的方式，在众人眼前极其羞耻地死去，死于括约肌失禁所排出的粪便中。“我身上长满了这些基因。”她向邻人诉说。而他们对这日复一日的哀求与骚扰已感到厌烦。根本而言，她得的是疑病症。而在这狐疑的历史里，只有一次是完全正确的：她疑虑自己得了疑病症。然而她又否决了：这怎么可能呢，发生在我身上的，是实打实的反应，我感觉喘不过气来。她时常停在半路，摇摇晃晃地，感觉世界与路人像裂开的岛屿，在自己脚下急速地退远——我是如此孤独啊，她开始哭泣——直到骑在脖子上、掐住她咽喉的死神带着后会有期的狞笑又飘走了。

“像你这样年纪的，得的多了，医院到处是，你没看到吗？”今天，当妈妈的这样恐吓女儿，以警示她的不能及时到来。接着她又咬牙切齿地说："你要是早些中风才好啊，你这样不疼你的哥哥，你哥完全是因为你们的懒惰与疏忽才得的这绝症啊。"

和童年时一样，冬梅嘤嘤地哭起来——用陈宗火的话说是，很不争气地哭起来，就让她哭起来吧，谁都不要理她。她会待在一个角落，慢条斯理地哭起来（就像有些讲究的人在餐馆花上个把小时吃碗面），直到眼泪风干成盐渍，自己久久坐在那里出神，已忘记因何而哭甚至已经哭过的事实，才会站起来，走向家庭，对每一个人的话进行应答，讨好每一个人。就像她还是那个对他们来说很重要的人——然而今天，哭泣并不是一场洗涤、一场逃避或者说是一场和自己玩的游戏，今天，母亲的话踩到她命根子上了。母亲的话扫走她的最后一丝侥幸，使她的心灵之船出现致命的摇晃："你没看到吗？像你这样的得的多了，我跟你说呢，你没看到吗？"

面对这样尖利的辱骂，志锋只是瞟了眼自己的妈妈。你这样说有意思吗？他背着手走进病房。

"志锋你来了啊。"俊锋试图坐起来，然而因为气力不足，又滑了下去。

"是啊，哥。"志锋将他扶好。

"坐。"俊锋说。

志锋用手套掸掸床，坐下来，半抬头看着窗户。不久他拿出手机，悄悄划过触摸屏。不能说他对待哥哥冷漠，他们内心深处自有一种默契的亲密，这种亲密无须通过拥抱或者嘘寒问暖来兑现落实；也不能说他对哥哥不冷漠。他已经有了自己的家庭，而当一个人有了自己的家庭，就会对原来的家庭疏远一些。我们知道，一个人在这世上最亲密的人是他的伴侣。因为他们可以赤条条相见，让彼此的性器咬合在一起。他们在言行上的放肆与猥琐（那意味着人与人之间无边无际的自由）是经过道德允许的。何况在市郊由他亲热的大舅子赠予的大房子里，妻子还生下一儿一女。在俊锋睡着后，他悄声对妻子说，你看，待在这里也无所事事，不如回去，回去还能做点好吃的，我的意思是——。他抬高声音让进来的妈妈听见，不如把哥接回去，回去还能给他做点好吃的。

寡妇阴沉着脸，带着全部的痛楚看着因为睡过去而获得片刻安宁的长子，掖了掖被窝，顺便把床底那一袋子的影像取出来。“你能带它去找找市里的医生吗？你现在是城里人，总会有办法的。”她对着志锋说。

“不好找哇。”

“你找找你两个舅子，他们都是能耐人。”

志锋放下手机，抬起眼皮。刚刚他还对着它会心一笑，就像他和手机里的朋友是在面对面聊天。"你就知道玩手机，一天到黑玩手机，"她接着说，"你就不能少玩一下手机，你只有这么一个哥啊。"

"我知道。"

"我又没要你背着他去市里。我只是——"

"我知道，你看，结研所去了，市医院去了，北京最好的医生也来了，都说没用，你还要我怎么找。"

"你再去找找别的医生，说不定会有别的办法呢。"

"这是确诊了的事，再找还不是一样。"

"你怎么知道就一样呢。说到底你就是懒，就是不愿意动一脚。"

"这不是我懒不懒的事。"

"你就是不愿为你哥出哪怕一点力，你要眼睁睁看着他去死吗？"

"我没有，我只是说这是没办法的事，没办法的事为什么总要去做？"

"怎么没办法呢，没去做就说没办法，说这样的话，你好意思吗？"她号啕起来，"你过得去吗？"

志锋猛烈地摇头，老妈儿就是这样犟啊，牛一样，哗地一下取走那袋片子，快步走了，回来了，结果还不是一样，你们非得让我做无用功。他在市一院挂专家号，当天挂到三天后的，那医生看过片子，倒是兴致盎然，拿手机每两格每两格地拍下来。“这还得研究，如果你能去二院将病理切片借过来就好了。”他说。在问过怎么借的程序后，志锋说好，出门给妈妈打电话：“要细心调理，他们说，尚有一线希望，得靠调理。”他回丈人家哄了一会儿儿子，按妈妈要求，去买了一块玉及一只铸着“唵嘛呢叭咪吽”字样的铜铃，方才回到镇卫生院来（“买玉有什么用？”他说。“又不要你出钱，我出钱。”她说）。倒是他岳母，大清早的，去庙里给俊锋烧了个香。这边厢，冬梅每天都沉重地坐在床边，像情报人员一样，细声细气地探问兄长有什么反应，从前是什么反应，以后是什么反应，以与自身已出现的一些征兆比对。“有时，我也有一点咳。”她说。而他们的妈妈，总是可怜兮兮地询问他：“你要吃点什么呗，孩子，你要吃什么我就去买。”他不会回答她。他总是挺着眼球望着天花板。眼球像是卡在鸡屁眼里的半只蛋。他已不怎么能活动了，除非是来上一阵剧烈的咳嗽，让他猛然地、简直是不受自己控制地坐起来，每当这时，寡妇便冲过去，用空心掌拍打他的背部，以让他咳得更顺畅，儿啊攒劲咳，把痰咳出来就好了。他咳的频率越来越密，时间也越来越长。那咳嗽有时像诸葛连弩一发而不可收拾，有时像一段呜咽催人泪下，有时像煤气灶上的火石冒着火星，不时弹响着，有时像风在涵洞快速抽送，飞沙走石，有时像车辆在雨天艰难爬坡（车轮在飞速旋转，在它自己制造的越来越深的车辙里徒劳地挣扎），有时像铁锹在被降水侵蚀后只剩一地颗粒的水泥路上铲削，有时像一截发烫的肠子翻卷起来，有时像水银在封闭管内冲突，有时像黑夜中让人心惊的袭击，有时像肉体被悬吊起来在空中晃荡，有时像是一鞭子一鞭子结结实实的抽打，有时像动物在哀嚎（能看见龙被扎住尾羽，不停耸起上身，血淋淋地撕扯自己），有时像两列火车高速摩擦着彼此的残骸，有时像是明目张胆的杀害。每次，他们都要感觉到事主咳出一小截蚯蚓、一条黏稠的虫子、一团黑影或者一口红旗般艳丽的血，才肯罢手，每个人的咳嗽都是为了一个结果，没有没有结果的咳嗽，正如没有没有结果的革命、没有无缘无故的爱与恨。咳嗽就是一座无法与之谈判的监狱，只有大理石不会咳嗽。

“我要死了。”在俊锋揪心地喊了一下午（因为发热，在这个初冬，他只穿一件青色背心，不停说着呓语），并且托熟人找市一院放射科的“看片专家”看过影像（他说：“无可救药。”）后，寡妇思量再三，决定将他接回家。那天，所有人都平静地看着裹得严严实实的俊锋被抬进车内，他们早已适应俊锋罹患怪病这一事实，他们就像蚌将沙粒包容进去那样，将这一事实包容进他们的生活，以为常态，他们的脸上显现出事情终于获得进一步推动的轻松（“回去养养说不定能养好呢。”这与其说是他们对寡妇的安慰，还不如说就是他们自己所乐观以为的），只有寡妇异常悲伤，她清醒地知道，从此，自己的儿子活一天少一天了。她找到卫生院后院的菜地，当着一堆废弃的针筒，痛哭了一场。

车辆开到村庄时，她对迎上来的女人们说：“我就说他在召唤我，他只要一着急骂我，我就知道他是在召唤我。”她们想安慰她，却无从下手。“他和我们的语言就是不相同。”她继续说。只要眼睛稍微闭一下，一大团的泪水便涌出来。那辆乳白色的轻卡没有熄火，车身由于发动机的振动而嗡嗡地颤抖着。志锋将俊锋抱下来。寡妇打开新屋的门。这是她当初做主给俊锋做的屋，上了瓷砖、铝合金窗、好漆以及洋气的吊灯，是留给俊锋结婚用的，她和陈宗火从不过来住一夜，而是宁可住在那烟熏火燎、老气横秋的旧屋内。每隔一段时间，她就到新屋打扫一次，跪在地上，细心地擦，就像俊锋随时会回来用它似的。然而直到病入膏肓，他才被接回到这里。轻得和一只鸡一样，志锋对那些叫他小心的人说。俊锋耷拉着头，眼神像两根短小的棍子在人们眼前随意晃动。在坐到沙发上后，有一阵子，他紧紧抿着嘴，眼睑恐慌地眨动，额头出满汗（像涂了一层明亮的猪油），而整个身躯在徒劳地挣扎。他就像被紧紧捆住一样，无法动弹。啊，也许需要七窍玲珑心才知道，那是他知道自己又回到乡村了。好不容易逃出去，又回来了，而且是永远地回来了。志锋抽出皮带，在折叠椅那鲜红的椅座上猛抽一记，他彻底安静了。唉，我哥现在轻得像一只鸡一样，志锋就像是在介绍一件商品。总有一只枕头那么轻。

此后，俊锋像是受到谁的奴役或统治，不肯说话，眼睛像动物一样平静、痴呆、没有思想。他总是在醒来时不知身在何处，然而又对这种迷惘异常坦然。他听任道士在面前挥舞燃烧的符箓、母亲给自己戴辟邪玉佩、窗槅悬挂能化煞的铃铛、两三人给自己进服雷公藤煎出的药水，又听任它们从嘴角流出来。“咳嗽对他来说是操劳啊，就像我们做活儿一样操劳。”有时寡妇会这样说。这时她非常平静。然而很快她便被自己的大意给惊了起来，赶紧去捏他的手，就像他快死了或者已经死了一样。在他用尽力气咳嗽——足足花了一刻钟，就像有一位中年男子弓着腰站在寒冷的野外，抓着冰冷的摇杆，试图将愚蠢而固执的手扶拖拉机摇响一样——并几乎将喉管咳破时，她心里起了漫天的仇恨。说到底他得罪谁了？曾经害过谁了？他咳出一口有乒乓球大小的血，血丝悬吊在嘴角，她颤抖着用双手接住那有如黑汁的血，我儿子他得罪谁了？我们陈宗火家到底得罪谁了？她越想越气，走向村头陈宗功家。她走得那样急促，就像不是自己在走，而是仇恨的鸟儿拎着她在飞。

“有件事，今天我非说不可。”她说。

“你说。”已经很难起身的陈宗功说。

“当初埋宗火时，挖坟井，你女婿为什么要往井里扔一把铁锹？”

那块坟地是预留给我的，没想到宗火先死了，陈宗功默然以对，我女婿也是怕我死无葬身之地。

“有你们这样不讲理的吗？”

“我也不清楚当时的事啊，我身体也不好，没去。”

“你就说是不是有这回事？”

“有。”

“宗火是不是你老弟？”

“是老弟，不是嫡亲的，但也很亲。”

“是一房的老弟，还这样。你今天就说清楚，你们是什么意思？”

“没什么意思。”

“你们害得我俊锋要死了你知道吗？”

“我知道啊，四娘，”陈宗功的眼泪流下来，“我后悔。”

“后悔有什么用，我俊锋都这样了。”

“我女婿打工还没回来，如今你要找就找我吧。”

“找你就找你。”

“我也快要死了啊。”

“要死了还不知道积点德。”

“你现在需要我做什么？四娘，你要骂就骂我吧，你不骂我不心安。”

说罢，陈宗功捉起寡妇的手，将那满手血污涂在自己花白的头发以及脸上。“你惩罚我吧，我不是跟俊锋过不去，要是能换，现在我就去换俊锋的命，”他大肆地哭起来，“你快找人打死我吧。”

“打不死你。”

寡妇甩着手回去了。一路上也大哭起来。你说他得罪了谁啊，他会得罪谁啊。看见人她就哭诉。一天后，她带着同样的仇恨去找镇上的超市。她寻思是超市那阴湿多菌的工作环境让儿子的肺失守的，然而在那里她一无所获：地面比想象的要干净与干燥很多，别说地板砖间的缝隙有污血，就是一根头发也看不见。可以想象，在盛暑，这里也不会有什么蚊蝇。小亓不在。出口处有两台收银机，长着横肉、穿着红马甲、因焦虑而眼部色素沉着的老板娘守在出口外，低眼扫视每个顾客的手提袋。为着避免对方发作，她又对每个人堆笑：“慢走啊，小心台阶。”有时还做出搀扶的动作。那些恼火的人会故意把手提袋在两只手间换来换去，然后交给同行的人，那眼神总是着急地跟着它，直到她抬起头，看见对方其实一直在审视自己，才羞愧起来。你他妈还不如回去开小卖部呢，人们抖着袋子走出去，既恨对方贱，也恨自己贱。“偷一罚十”，墙上贴着告示。这是因为超市失窃的事越来越多，或者说，业主感觉如果不这样，失窃的事会越来越多。今天，当她听说有一位衣着贫寒的农妇踮足朝肉案内部长时间观望——员工们用眼神接力，像传递烽火一样将这一信息传递给他们唯一的封邑主——时，她快步走来，扳过对方肩膀。她们凶狠地看着对方，一个疑心对方是贼（要不为何如此鬼鬼祟祟），一个疑心对方一开始就想推卸掉全部责任。

“你要买点什么吗？”老板娘问。

“不买什么，”俊锋的妈庄严地说，“就是看看。”

她没有透露身份。她想这样的事还是回去再和年轻人商量下，也许志锋以后来会看出名堂来。您就等着吧，她走向老杨树镇的街道。在她走后，超市的员工告诉老板娘，这就是俊锋的母亲。这一天雾霾很重，像有一伙妖精在老远处吹烟，地上尚有积雪，满街飘浮着浓烈的制作熏鸡用的化工香味。俊锋的妈妈将自行车停在本村人热爱开的彩票店门口，热爱吃烟已经将牙齿吃得漆黑，然而还是那个信得过的姑娘。热爱问："俊锋现在好些了吗？"

"还不是那样。"她说。

"能想到办法吗？"

"没有办法。"

"我就说，下雨时，俊锋总不打伞，就那样淋湿着走过去。"

经指点，俊锋的妈妈走进北边的宏广胡同，那里有一溜的红砖平房以及见缝插针建起的石棉瓦顶柴房，偶尔还有鸽笼与鸡埘，道路中间流淌着公厕溢出的尿溺，就是在这寂静的胡同里头（在巷道继续朝东拐后），藏着一个庞大、梦幻般、居住在五六公里外的她此前从未听说的地下市场。俊锋的妈妈在走进这由礼帽、毡帽、韩版针织帽、披肩、围巾、丝巾、呢子大衣、羽绒服、鸡心领毛衣、鄂尔多斯羊毛衫、衬衫、马甲、睡衣、保暖内衣、文胸、内裤、情趣内衣、蕾丝内衣、单肩包、斜挎包、手提包、哈伦裤、垮裤、皮裤、牛仔裤、铅笔裤、休闲裤、灯芯绒裤、打底裤、连衣裙、羊毛呢子裙、毛衫裙、丝袜、蕾丝袜、短靴、雪地靴、圆头皮鞋、高跟鞋、绣花鞋、运动鞋、旅游鞋、口红、面膜、深层补水套装、傲肤霜、香水、爽肌水、玉兰油、车载音响、MP3、MP4、音乐手机、智能手机、触摸屏手机、台灯、煤气灶、抽油烟机、电磁炉、微波炉、电饭煲、不锈钢锅、折叠桌椅、扫帚、拖把、墩布、围兜、桌布、毛巾、碗、碟、筷子、刀叉、勺、保温杯、玻璃杯、洗洁精、洗衣液、84消毒液、樟茶鸭、烤鸭、茶油鸭、鸭脖、鸭舌、来子熏鸡、德州扒鸡、童子鸡、鸡翅、鸡爪、猪头肉、猪耳、猪肝、猪肚、猪蹄、猪尾巴、鸡蛋、鸭蛋、皮蛋、干豆腐、五香豆腐、卤水豆腐、蛋糕、南瓜糕、蜂蜜糕、馒头、戗面馒头、花卷、包子、肉饼、葵花子、外号叫牙签的葵花子、西瓜子、南瓜子、水煮花生、柴锅炒花生、盐焗花生、开心果、松子、板栗、纸核桃、山核桃、新疆核桃、和田大枣、葡萄干、榛子、杏仁、木耳、丸子、带鱼、冻虾、虾米、武昌鱼、乌江鱼、鲫鱼、鲤鱼、鲶鱼、死气沉沉的螃蟹、鱿鱼、墨鱼、海带、白萝卜、胡萝卜、大葱、大蒜、生姜、番茄、圣女果、洋葱、豆芽、芋头、红薯、马铃薯、黄瓜、红辣椒、青辣椒、蘑菇、菠菜、油麦菜、圆白菜、小白菜、菜心、莴苣、铁棍山药、草莓、山楂、白梨、雪梨、香蕉、帝王蕉、红提、猕猴桃、金橘、蜜橘、沙糖橘、脐橙、血橙、沙田柚、富士、红富士、栖霞富士组成的琳琅世界时，花了眼。

（往昔，我曾和一名想做女人的男人聊天。这位孤独的中年人一直紧张而拘束，直到讲到菜市场时，光芒才从他眼神中闪现出来。“你知道吗，只要一走进去，所有的烦恼便一扫而光，那种感觉好极了你知道吗，好极了。”他的语速极快，就像我会和他争辩似的。他是如此想说服我。我告诉他我懂——那种圣光，高潮，一种温热、电击般的感觉，友好与团结的氛围，万物触手可及的富足，美好生活的野心以及创造的喜悦，历历在目——我说我完全感受到了那种来自主的安排与补偿。）

这些五颜六色、由五湖四海至少是四乡八里汇聚而来、需要及时交易出去的产物，像新大陆，冲击着寡妇贫瘠的灵魂（很多年她躬耕于乡野，只熟悉村头后来改为小超市的日用百货店，对她来说，店门前贴出一张“新到水饺汤圆”的纸条就已经是了不起的信息了）。她觉得集市太过漫长，怎么走也走不完。她这样抱怨着，像一位即将失身的少女，又像一位女王。所有店主都像奴才大声招呼着她。*我只是来看看*，女人们在走向市场时这样警告自己，然后在走进去后感慨，*光是欣赏就够了啊光是欣赏*。俊锋的妈妈抓起一把蒿子秆，掂量着，就是这样的东西也要六点九八元一斤，也就是七元一斤，她将把这过于不可思议的发现讲给热爱听。然后，她终究未能抵挡住来自商品的连番诱惑，在一件印着泰姬陵图案的棕色丝巾前吞咽起口水来。

“你试试，不试怎么知道效果，”店主走过来，将它从她的指间抽出来，抖开，披在她肩膀上，又将镜子移向她，“你看看。”她像是被对方控制了，这种感觉很不舒服，然而她又看见一个想象中的自己。店主在她的默然中找来橙色、红色、蓝色等各式不同的丝巾，她礼貌地拒绝了。这或许会使她的支付多起来。她并不会讲价，因此始终嘟囔着，显得特别的忸怩与难为情。

“然而什么，”店主问，“你说然而什么？”

“然而太贵了一点。”她说。我只有这么多，但不意味着它就值这么多。她为此非常抱歉，并甘心忍受对方的鄙夷。她在等待的时候说：“我真的只有这么多。”

她们不欢而散，带着差不多是共同的失望。

在她即将游荡出这条巷子时，她才想到此行的目的。在身后，是那比她要年轻二三十岁的女人的熟练的忏悔声。她曾驻足，然而还是朝前走了。在这蜿蜒集市的尽头，一棵杨树对面，坐着一位头发花白的女人，身前披着一件尿素袋改成的围兜。她不停刨着萝卜。每当有人过来问，她便转动门球，招呼屋内那以准确闻名的算命人。那董先生并非瞎子，只是患有夜盲症。后来当寡妇将钱结算给他时，他差不多是举着它贴在眼前看。这一天，他似乎深刻读懂了对方的忧郁，他说，她就像背着几具尸体那样沉重地走进来。

在煞有介事地吟唱一段后，他按住二胡，说：

“真要我说?”

“你说吧。”

“说实话?”

“说实话。”

“那我说了。”

“说吧，求你了。”

“你家今年必要穿一件孝服。”

“去年穿了的，今年还要穿?”

“还要穿。”

这句话就像是一块糖，俊锋的妈妈咀嚼很久，才算是将它消化清楚。她长叹一声，想起多年以前同样是算命先生对她的诅咒。“先生啊，这是给你的钱。”结清后，她沿着来路走回去，却怎么也没找到那家店，它就像一朵花消失于花海中那样。她问了别家的价钱，甚至要二十元，便连往下讲价的兴趣也没了。直到原来的店主抓着扑克牌匆匆跑来。

“十元给你，不能再少了。”

“不。”

“你看——”

“我只有七元。”

店主将丝巾折起来，她说:“是那条棕色的，我戴橙色的不合适。”因此店主又给她换了棕色的。她回到彩票店，和热爱比较了很久这条丝巾。热爱说就是七元也不值得，可是要说亏能亏到哪里去。“你看看手感，这手感还是很不错的。”热爱说。

“我也是看手感不错。”她说。

在骑出柏油路，骑进村道时，因为饥饿，她进秋晨的餐馆饱食一顿。“没有办法啊。”在秋晨并无询问的情况下，她这样说，同时往下扯那齐臀的衫脚。她骑上车，用前掌或者说是脚趾蹬着脚踏，一米一米地前进，像是背剑的乌鸦慢慢消失于那持续五天、平静得怕人、像是隐喻着什么可怕的事的雾霾之中。回家后，她将自行车扛进去，立起车支子，锁好车锁，然后取出保鲜膜裹好的半个西瓜（它一共花去十五元四角，在镇上时她刻意没让热爱看见）去了新屋。“俊锋啊，没想到这个季节还有西瓜，可惜一路上磕磕碰碰的，磕破了，”她用勺子挖出一块，喂给对方，“张开嘴。”

他张开嘴。

“张开牙齿。”

他张开牙齿。

“咽。”

他开始咽，然而食物在那里纹丝不动。

“用力咽啊，儿。”

他用力，然而力是虚的。她将那一小块西瓜戳烂，用勺子推下去，他呛咳起来。此后她都是将西瓜捣成汁，舀给他，然而总是从嘴角流出来。像往常一样，她说："俊锋啊，晚上想吃点什么，你想吃什么我就去做。"接着又说："要不我们吃水煮煎蛋。我忘记了是加葱还是不加葱。"

他什么也没说。

我哥现在连同意和不同意的力气都没有了，志锋握着手机走进来，说："妈你回来我就可以走了，我还有点事。"

"你走吧。"

"我不吃晚饭了。"

"我知道。"

寡妇明知徒劳但还是细致地做了一顿晚餐。每做好一道菜，她便拿抹布轻轻搓手，找空碗将它盖好。她做了他平生最爱的几道菜：炒腊肉、韭黄炒鸡蛋、酸辣土豆丝及水煮煎蛋。往昔，每当他在她面前吃饭，她总是认真观察他的欢喜与厌憎（对他厌憎的，她也坚决地厌憎），而对志锋与冬梅，她则需要他们不断提醒。在揭开盖后，热腾腾的蒸汽以及只有黑土香米才有的味道从电饭煲内飘出来。她将米饭舀进蛋汤，拌匀。"多少吃一点吧。"她将枕头垫在床头，将他抱起来，靠好。他试图想表达什么，然而考虑到表达的程序过于复杂，因此又放弃了。他

侧着脸，让眼睛停在某一个视点，对她置之不理。不一会儿他闭上眼睛。是想睡了。她将他移正，就着开水瓶的热水蘸湿毛巾给他擦脸、擦背，然后细心掖好被子，又给他插着吸管的保温杯重倒了一杯温水。回到老屋后，她将菜摆在餐桌上（唯有炒腊肉放进电饭煲的蒸笼加热）。出于心疼，她好好整了一桶猪食，去猪舍犒劳这些天来由别人代喂因而变瘦的两头猪。当她敲打木勺，啰啰啰地叫唤过去时，它们翻滚着爬起来，一跃而起，直立着趴在木栏之上，对着她焦急地抽动那粉红色的鼻子。她还换好院子里钨丝断掉的灯泡。回来后她不停调收音机，里面传来独有的明亮与衰弱的喧嚷声，营造出群贤毕至、高朋满座的氛围：|**女低音歌唱**| 是这般的浓烈，一喝就醉，就醉 |**中年女人假扮的童音**| 于是，玻璃鞋小姐就悠悠晃晃荡起秋千。当玻璃鞋小姐发现好奇又讶异的鞋子们时，还开朗地喊着："要不要也来玩？" |**双口相声**| 观众们都很热情啊，大家伙儿都认识您，（啊熟悉）天津的捧哏名家 |**电影原声**| 他没死……为什么，为什么瞒着我们，是谁给他吃的 |**剧院合唱**|（歌词不明）|**京剧**| 想当年家贫穷无力抚养，四个儿子有两个冻饿夭亡。遭荒年背上了刁家的阎王账，为抵债他三哥去把活儿扛。她走到昏暗的灯光下，坐在餐桌边，倒好酒，像往日一样，慢慢地，按照从好到坏的顺序，在碟子里挑挑拣拣，将它们吃下去。残渣归于

有缺口的白色小碗，不舍得扔的归于红色小碗。她慢慢地饮酒，慢慢咀嚼。那口腔像台碾轧的机器，碾轧着这些食物。直到将所有食物吃得干干净净。在这咀嚼的过程中，有时她会停住，长久发呆，直到回过神，又继续咀嚼起来。这是一个人吃饭常有的事。门开着，正对着原野，暮色四合。黑夜像决堤的湖水，涌到面前。她打着饱嗝，从地上又取出一瓶来，那瓶子是青色的，蒙满灰尘，她用衣袖将它擦干净，晃荡晃荡，旋开瓶盖，嗅嗅那琥珀色液体的味道，确信是它后，举起瓶子，咕咚一口饮下去。也许觉得这毕竟是隐私的事，中途她擎着瓶子去关门。就在她步态蹒跚，摇摇晃晃，快要扶上那枞树门板（十来分钟后它将被一伙着急得上蹿下跳的人拆下来）时，一股深刻的像是即将临盆的绞痛压弯她的腰。她蹲着，让头慢慢挨着门槛，咬紧牙，试图忍住。汗水像雨一样滴落在地。然而，那一道伴着呛人剧臭的食物浆水，还是猛烈撬开她的嘴，从中喷射而出。

已经有十二年没人喝农药了。

光是这个消息便足以使人们的心脏怦怦直跳。上一次他们如此紧张还是入赘的巴图掉入十几米深的水井。就像死神他老人家这会儿已拖上麻袋（它在满地潮湿的松针与落叶上擦得哗哗响），正从不远的未来，从那能分辨出枝条与身影的迷雾中，走过来。她的仿如中蛊的反应——肌肉痉挛，眼白外露，以及动物般的嚎叫——吓坏了最先赶到的几个人。快，快，到处是焦急却无法明确内容所指的喊声，快。有一伙人提着应急灯、手电奔向赤脚医生与司机家里。不约而同。而司机安房其实是手机通知到的，当他开着轻卡奔来时，还有人朝他家跑去，即使车灯已经照射到他们，同时他们也退向一边让车开过去。有一人从田埂抄近路跑向一公里外的村委会，试图踹开门，以找出一堆文件里的一本《农药中毒急救手册》。

到处充满呵斥声。纯粹是认为这样做也许会有点效果，有人将她移开，扒下她的外衣，向着她的额头、脖颈以及上身不停浇水，同时擦拭那不停从嘴角溢出来的食物残渣与白沫。有的人则扇动上衣，试图使空气流通。门板拆下后，他们将她抬上车。有人举着手电照耀着路边的乱石堆与野草，在车前跑，好像这样司机就会看得更清楚，直到车辆轻松超越他。直到这时，人们才稍微松下一口气，喘息着，和姗姗来迟的赤脚医生一起，看着汽车在黑夜的雪地里滑来滑去（就像是电视里那由劫匪开着、抢劫而来、匆忙逃亡的车），奔向救生的卫生院。

在将寡妇活着拖回来后，它就坏了。

安房让它停在寡妇家后门。

当然他也可以将它推回家——那意味着修理的方便，有很多人主动提出愿意帮忙——但他还是以疲倦为由，将它留在这里。这是一个小小的示威：就看以后还有没有人愿救死扶伤了。他将志锋给的路费先推回去，他说："再说。"而那些守护着寡妇的女人，则趁她睡熟（现在她的呼吸可是均匀又平稳）议论起来："农药的喝法有几种，一种是不喝，一种是喝，一种是当别人的面喝，她的是不当别人的面但是知道别人会发现。门开着。灯亮着。只有瓶底那么一点，而且晾那么久，潮吸日晒的，毒性早已分解。她呀，是需要表达出点什么，是要疏通，然而又不想因此丧生。"

"这是一种仪式。"

她们轮班值岗，守候数日，直到她能下床。她拄着拐杖，在别人搀扶下，去看望了自己的儿子。还是那样子。缩了一点。她看到每一个人都说，没办法，实在没办法啊。看见一个就说一遍。因为畏冷，她们在厨房支起煤炉，用通条将炉火戳得极旺，围着她一起烤。有人说煤烟会对身体恢复不利，她说没事。她在哆哆嗦嗦地喝过热开水后，将手展开在煤炉上烤，凄苦地说："我是一点办法也没有啊。"

她们沉默不语。只剩她长时间地在程序性地吟唱自己的无奈与绝望，那时高时低的哭泣让她们揪心。最终为着将她从哭泣中引导出来，菊嫂问："四娘你还想死吗？"

"不想。"

“为什么不想了呢？”

“痛。”

“怎么痛？”

“好痛，钻心地痛。”

“我怕你还是想吧。”

“不啊，我不。”

从她急于争辩的姿态看，她对这一趟折磨还是心有余悸的。因此众人都笑起来。她倒是没笑，不过也没再哭。“你们别着急我，”寡妇向她们点头，接着询问，“啊，你们吃糖不？”都说不吃。不吃不吃四娘你别动我不吃的啊。然而她还是起身了。有一人站起来想扶她，被拒绝了。我走走更好，她这样说。她摇摇晃晃走过去，打开橱柜的门，拉开中间抽屉，翻来翻去。大家继续在煤炉上展开自己的手，有的发呆，有的看着她。她翻出一把生着黄锈的红塑料柄切肉刀，看了好一会儿，就像在判断是不是自己家的东西一样。她用食指的最上一截抚摸刃口的锯齿，然后对着脖颈一把割去。像割一把稻草、割一把麦子那样，她反复割着自己，不得要领地割着，直到终于划破大动脉。她们根本没办法起身。她们脸色煞白，全身震颤，死死坐在那里，怎么也站不起来。此后一周，她们都是这样，就像是瘫痪了。鲜血，像早上升起的红旗，被卫兵戴着洁白手套的手猛然抛撒出去。人类的血真多啊——通过这源源不断涌出的血你可以判断若不是采取自裁，她原本还可以活很多年——就像是无休无止的水从破了口子的塑料水管里冲出来，极大的冲力带动水管像蛇一样疯狂地扭动。这是很久未曾听说、只应古代有的自杀方式：自刎。

不用想了。没办法救活。没任何可能。

寡妇单手扶着灶台、门框，艰难地走出去。就像走出去能使自己获得解脱一样。她捂住咽喉，将门外空荡荡的竹架推倒，然后扑向已经修好正准备开走的白色轻卡。安房猛踩刹车。车从此又停在这里。越来越多的人汇聚在这里。他们小心站着，不时抬起一条腿，以让那鲜红、冒着泡儿的血从鞋底流走。尸体趴在那儿，最后抽搐了一次。

俊锋把剩下的日子过完，按时死了。

对母亲的死，他没有表态。在最后一次为他清理身体时，弟弟志锋终于忍耐不住，对他实施残酷的辱骂。志锋捏着沾着他粪便的卫生纸，凑向他眼前，大声说："你害死了妈知道吗？你害死她了。"他没有做出任何回应。既不愤怒，也不委屈，不害怕也不羞愧。他是瘦到尽时才死的。那张皮本身就像是淋湿的裹尸布，紧紧贴在凸起的骨架上，显现出肋骨间层次分明的空隙，让人生畏——或者说，像拓片一样，拓出一副骷髅的模样。他的胡子像一把草，种在高傲的下巴上。眼球特别大。“总有台球那么大。”志锋说。

在告别的时刻，冬梅来了，她想刺探一些人之将亡的信息。他的嘴唇微微开启，她侧耳去听，从那气息中猜测到他一个令人费解的恳求。她为此询问他，然而没有回音。她转到床那头，找到他枕头下的手机，将连接着它的充电器插上墙体的插座。在这个过程中，她的哥哥死了。

在那段时间，老杨树镇先后发生两件奇闻逸事：一、在瑶河的冰面上发现一只一米长的巨蜥，尽管人类对它发出上百次召唤（他们相信它和外星人一样，能听懂人类友好的信号），它还是不敢上岸。在冰上忙碌地转了很多圈后，它索性死了；二、一辆卡车撞向大礼堂，司机阵亡，几十条狗从车厢跳下，像野马成群向东奔去。这两件事都没有寡妇的自杀来得让人震惊。很多人说，我真想为这件事好好哭上一会儿。

献给网友“仓央嘉措莱”

永生之城

21-1

被捕的那一天，李伟凌晨五点半就起了床，去送别妻子乘坐的高铁。“他看起来很不安。”几天后，回忆起那个怪异的星期天的种种细节时，他的妻子，现今双腿近阴部处已有较大空隙的盖靖华这样告诉我。“之前一天，他就表现得极为兴奋，就好像不是我——而是他——要出门一趟一样。他在我身边绕来绕去，虽然一句话也不说。后来他递过来抽纸。我说我要的是卷纸，然而他还是嘟哝着要我收下。我说我不要，请给我卷纸，一筒卷纸，懂吗？我这样说了三次，他还是要将那袋抽纸递过来。你说他心不在焉到了什么程度。”她对我说。她还处在被触怒的情绪中。我在分辨她愤怒的成色。她是个容易使与她打交道的人动辄得咎的人：短发，马脸，眼睛窄长，脸色铁青。洗耳恭听时，我用铅笔敲打嘴唇，盯着她笔挺的深色制服。胸部那里微微鼓起，有如较低的沙丘，但据我判断，她应该是彻彻底底的平胸。

21－2

“你不要去送了。”盖靖华这样对李伟说。然而李伟还是去送了。雾霾持续数日，这是最为严重的一天。“你来，跟我坐同一辆车，固然不多出一分钱，但你自个儿回去时就得花一笔钱，”盖靖华说，“现在的时间出租车不打表，这么点距离直接要三十元。”他陈述的理由是：如果是从仙桃西站乘车也就罢了，偏偏走的是天门南站，而后者并不在咱的控制范围之内（根据《武汉晚报》报道，汉宜高铁早期计划只在天门市、仙桃市设立一个站点：仙桃站。两地与铁路部门多方讨论，促使后者在汉宜线上再增设一站。2010年6月24日，湖北省铁路办以鄂铁办函〔2010〕69号函发文，确定将汉宜高铁原“仙桃站”更名为“天门南站”，在仙桃再增设一个客运站点：仙桃西站。天门南站位于天门市工业园区，距天门市中心约三十五公里，距仙桃市中心则只有七公里；仙桃西站位于仙桃市三伏潭镇雷场村附近，距仙桃市中心二十五公里，距天门市中心却只有十五公里）。李伟说这样的话符合他心思缜密的特点。然而她，盖靖华，现在越发相信，他前来送别只是为了完成内心的一种确认。就像案犯在仓库值班员眼前摇晃手掌，确信对方已睡着。他来到车站，亲自看着她搭乘时速两百公里的列车悄无声息地离去，然后带着压制不住的兴奋，走出车站，去寻觅黑车。“实际上他就是罪犯，他背叛我和这个家庭，这还不够吗？难道不应该称之为罪犯吗？我们还没要孩子，我真不知道他会从别的女人身上带来什么性病。有的性病是潜伏型的，十几二十年查不出，害人害己。”她这样语速极快地倾诉，和自己公务员的身份并不符合——公务员应该言简意赅，对自己的情绪有所节制。

21-3

“他穿着带黑边的银色礼服，打了领结，就像是婚庆司仪那样，特别隆重，我直到如今才知道他的用意。”盖靖华像是被芥末刺激到，几乎又要哭出来了。她早已忘记自己作为公家人的那份体面。我是个男子，年龄比她小不少，行政级别也低，我很不适应她在情感上对我的有意迁就。在高铁站，穿着那件厚礼服，李伟好好出了一阵汗。分泌汗液和刚刚用过滚烫的早餐有关。虽然头一夜并没睡安稳，李伟还是觉得自己的精神很好，好得像换了血。车站内，穹顶高耸，悬挂于半空的广告牌有四五十平方米那么大，赭黄色的大理石地面反射着洁白的灯光，旅人们拖着皮箱走来走去，神色如大明星，一个个凝重而认真。室外昏蒙一片，空气凝滞不动，充满硫黄味，鸟类开始阴郁凄凉地鸣唱。李伟在被捕的这天早上，在国家规定任何高铁站都不准出售站台票的情况下，通过关系，将妻子一路送到月台。在走出高铁站时，每遇见一位熟人，他都朝对方点头致意。有时会问："你这是去做什么呢？"他并不关心答案。而当别人反问他时，他认真地回答："我去理发，您瞧我这头发实在是太邋遢了。"

21-4

李伟原本拥有一份待遇优渥的工作，每周只能从荆州市回仙桃一天。为这一百二十八公里的路程，公司有时宁愿派车，也不愿让他搭乘那"只有乡下人才挤"的小客车。这是关系到公司声誉的一项制度规定。他和盖靖华是大专同窗，盖在仙桃本地一家条管单位上班。他们的结合还算般配。然而随着李伟一朝孤单孑立地回到仙桃（根据他睡姿专门定制的价值万元的进口床垫就捆绑在小客车的行李架上），他便成为被耻笑的命途舛错的对象。他患上一种罕见的慢性、进行性自身免疫性疾病，住院期间，医院所有的医生，甚至是荆州市区所有的医生都过来参观，《荆州晚报》与《荆州日报》的记者也闻讯赶来（据

《荆州晚报》报道，这是荆州市第一次发现并确诊这一病例。直到2010年，该项疾病才被国际医学杂志*Autoimmun Rev*正式命名）。公司作为华中地区有影响力的外企，派人带来总裁的亲笔信，对他进行慰问。然而仅过去一个月，根据一项仁慈的建议，公司办公室主任带着一笔补偿款赶来，向准备出院的他宣布：他下岗了。李伟回到仙桃，不想再出去找工作，或者说，他在这个县级市（说得迷人点是"副地级市"）也找不到什么像样的工作了。还是考上公务员好，人们用他们夫妻间不同的遭遇来劝导自己的子女，虽然公务员收入一时看起来不高。现在就连自己的名字，李伟看着也丧气。为什么起这样的名字呢？李广堃，他的父亲，几十年来不曾为此辩解半句，直到有一日醉酒，才向一位熟客透露，他原本给独子起的是"李骄阳"，然而到派出所时，却觉得非叫"李伟"不可。"有太多人叫李伟。"民警翻动着户口登记簿说。"这正是我想要的，"李广堃对熟客说，"我就让这孩子消失在人民群众的汪洋大海中，永远不被人注意和算计。""要是他犯了罪，警察可能还会抓走另外一个李伟。"对方补充道。

21–5

作为一名永远不能痊愈的病人，李伟往后的日子便是每天吃九片激素（每隔三周减一片，到一片时停止减服，直到医生有新的布置）、三片雷公藤多苷片、两片环磷酰胺片、一片碳酸钙D3片及一粒盖三淳胶囊，从早到黑地待在父亲开的那间不足以承担大型宴请的餐馆里。它叫老沔阳餐馆。后来，我们从他身上搜出一只啡色长款真皮手拿包。我们一共数出十三个卡位、两个大钞位、一个大拉链袋、一个相片位、一个证件位，然而只数出几十元钱，还有几个镚子儿。钱包里能放几张钱，取决于父亲李广堃的施舍。妻子盖靖华不可能给钱，他也不至于要。每次，餐馆的营收累积到一定额度时，父亲都会将扎好的款子交给盖靖华，由后者打开保险柜放进去，锁上。每当这一仪式完成，为父者眼中便放出一道极为喜悦的光，她的双腮也为之一红。李伟想，只有私情才会使人产生如此这般的信任。父亲似乎在取悦她：把钱给你，我的钱是你的啦，你的啦，由你保管，呵呵。在我们这儿，李伟泣下沾襟。“我怎么能这样去揣度自己的父亲呢，”他接着说，“我分明是在嫉妒。我嫉妒妻子——而不是我——获取了父亲的信任。”后来，李伟还认为，父亲之所以将账目、现金都委托给盖靖华打理，可能也是怕盖靖华会离开李伟。李伟虽然天天待在餐馆，权力却没有收银员大。他作为老板的儿子，承担的责任就是将顾客放在桌上的钱捡起来交给收银员。后者啪的一下，敲响某个键，于是一个屉子从收银机里弹出来。有时李伟长时间地看电视。一到天气预报的时间，父亲就会幽灵般闯过来，抓起遥控器换台。李广堃一天要看三种款式的天气预报：市里的、省里的，以及中央的。这是他刻板的娱乐。有时见某地有雪，从他的咽喉里就会传出含糊的幸灾乐祸的笑声。

21-6

能说明李伟此人淫心荡漾、不顾纲常的还有一件事。在体育广场，他去跳了一段时间的交谊舞。混迹于此的多是尚未战略性老去的老人以及处于休息时段的务工女子，少见像李伟这样三十出头、四十不到的男子。李伟在这里跳得最为卖力，不久便结识了这里的“皇后”——早年在剧团唱戏的张艺大姐。他们整首整首、整小时整小时、整天整天地跳。在依靠跳无法再更深地表达这种谐调的感觉时，他停住，擦拭她粉白脖子上的涓涓细流，说：“你的每一个动作，都那么流畅、欢快，都符合我对这种动作的想象。我想到哪儿，你的动作就到达哪儿。这种感觉好极了，就像我们是一母所生。现在，我的背也出了一层汗，毛茸茸，有点刺痒。我从没经历过这种诱惑。我要喝水，还要和你做爱。”“我也是。”她说。接着他们抚摸各自的背部，高举起共同握着的手，在水泥舞池里自由自在地飞旋。她直到去卫生间解手才感觉出不妥。她照着镜子，为自己，也为他感到害臊。后来她不惜失踪于广场舞的圈子。当然盖靖华要到李伟被捕才能听到人们对这件不伦之事的议论。

21-7

一路上，李伟嘴里都像是含着泥。据他说，在这伸手不见五指的天儿，他去寻找纪晓华的住处，然而却迷路了。黑车司机说："不急，您慢慢想。"根据李伟的描述（一个没刮胡髭的，抽黄色过滤嘴的烟），我们找到几名涉嫌非法营运的司机。李伟指认出其中一位，然而此人否认载过李伟。行啊你，李伟对他说。李伟坚持认为自己在这个时间段，一直在凭借不可靠的记忆，赌博式地寻找纪晓华的租住房（"我应该打她的电话，然而却没她电话，她的电话就贴在餐馆收银台后边，然而我却没有餐馆的钥匙。"他说），而在这个时间段，教师村的杨玲老师在自己家遇袭。她诉说的情况和一本法国书所阐述的差不多一样：我被打碎玻璃窗的声音惊醒了，一个人从砸开的窗口伸进一只手，转动了长插销，然后打开窗子闯进了我的寝室……戴着黑色面具和洁白手套的披头散发的案犯双手抓住杨老师双肩，凶狠地摇晃着。然后在将她推倒在地后，从容地从来路钻了出去。他的鞋套了塑料袋。那些碎玻璃片落在窗前。可以横向旋转三百六十度和竖向移动一百八十度的摄像头，没有在雾色中捕捉到凶手来去的踪影。我们用镊子在地上夹起一根说不定会带来DNA化验结果的毛发，但后来我们嗅了嗅，确定它是猫毛。杨老师的子女在迪拜务工。我们不知道应该怎么安慰她，只说一定会联系学校帮她把铝合金窗装上。

21-8

出差而去的盖靖华没有说具体归期，可能是明天，也可能是后天，或者大后天，但一定是这几天。这是她头一次出差，对她和李伟而言，这事情来得有点突然。李伟说，因为寒冷与长时间寻找无果，他变得灰心丧气，直到敲开理发店的门，享受到店内徐徐升起的暖风，那股子欲火才重燃起来。冰冷的推子在颈后推着，他的双腿不时夹向悄然发胀的阴茎。他总是想起一个画面：她，纪晓华，弯下腰收拾，仿若拾穗，布袋般结实、沉甸甸的奶子因为重力缘故，悬吊着。她穿着餐馆制服，那是件白色带花边的衬衣，腰部扎着深绿的围裙。一想到今天就有可能将阴茎推进她潮湿、温暖的阴道，他心里就感觉一阵空虚。“剪得尽量短一点，不要留下任何颓废的姿态。”他对理发师刘攀说。刘是他在劳动就业培训班认识的，当时盖靖华一定要他去（这使他极为羞耻，他也据此认清了自己在妻子心目中的位置），结业后他一直在餐馆混着，而这位同桌已经开了理发店。今天，李伟强行将其店门敲开。“一般人我是不给他开空调的。”刘攀说。而李伟一直被一件不吐不快的事折磨着。他话说到一半忽然后悔了。刘攀使劲催促，他才说，你们这个招牌，“美容美發”的“發”是错的，应该是“髮”。

21-9

早上，列车像是从时间中无声地显现出来。就像是它迫使盖靖华和李伟不能再待在一起了，他们开始虚情假意地告别。李伟作势将行李箱提进去，她没有拒绝，倒是乘务员拦住了他。他们心怀鬼胎，隔着车窗，对视了一小会儿。盖靖华记得在列车离开时（从此以后只要一想起他，她眼前就会浮现出这个场景），他隔着裤子搔了一下自己的下体。就好像忍受不了这来自自己的袭击，他的身体大幅度地弯了一下。在被带到讯问室后，李伟长时间一言不发。但在意识到沉默其实对自己非常不利后，他开始积极坦白。对这件发生在自己身上、注定要在本城传翻天的丑闻，他讲得巨细无遗。对其中过于玄虚的感触，那些使人怦然心动的部分，他也尽量物化或者量化出来。我们的点头称是，对他别提是多么大的鼓励了。老沔阳餐馆服务员纪晓华证实了他的说法。她用语过于简白、粗糙，就像和他讲的是两件不同的事。她承认是自愿和他发生关系的，是基于爱。在讯问室，当李伟为了清白而不惜出售自己的奸情时，我们局很多同事，那些对阴阳两个电极如何产生火花感兴趣的人，纷纷拥入。怎么捅破窗户纸，怎么让自己喜欢的女人就范，应该采取什么步骤，我们期待地看着李伟，然而据他讲，他也不知道该怎么办。在被捕之日的早上，九点来钟，李伟精神焕发地来到餐馆，看见仿佛分别很久的性幻想对象纪晓华。她吃惊地看着他的新发型，低呼出声。“早。”他打着招呼，然后像是完成了这一顺手做的事情，跳着上了楼。后来有几次他从楼上下来，几乎是下定了决心，然而最终还是无所事事地返回楼上。他在楼上剪报，根据他的说法，一整天他都心神不宁，手都在抖。十点半左右，他去二十四小时性用品店买回两只避孕套。

21–10

李伟穿的是那件经过精心熨烫的银色礼服，如临婚宴。清早，盖靖华摸过它料子，感叹当时有工作的他真的是挥金如土。后来她在我面前却说，怪不得。怪不得呢，她眼一闭，泪珠走法令纹那儿滑下来。这个根本不擅于哭的人因为懂得哭此时对自己的好处，像要账一样毫不节制地哭起来。去法庭上跟法官哭啊，我想这么提醒她。餐馆二楼带屏帷、立柜和沙发的办公室，只要一到这儿，李伟总是打开藏在红木办公桌第二格抽屉里的工具盒（内藏鱼头剪、家用剪、办公剪、飞鹰刀片、镊子、直尺、铅笔等），找准报上他认定有价值的内容，裁剪起来，然后贴进剪报夹。他们祖孙三代在做这件事时，保持着外科手术大夫那样的专注，一丝不苟得令人景仰，就像是在给幼辈捡拾回无毒的蘑菇。一直使人无法怀疑他们做这件事的正当性与必要性（每当此时，下人们总是不敢打搅到他们），而且也好像只有在做这件事时，李伟才不会被父亲指斥。有时剪报完毕，李伟还会剪些窗花，或者剪出西洋女人鼻尖高耸的侧影。仅仅是翻翻这些令人流连忘返的“作品”，一天时间往往便过去了。那些剪下来的内容像是由他们自己孕育而成，是他们的骨血。李伟能一眼识别出哪些是父亲剪下来的，哪些是自己剪下来的。手艺都一样。我们曾对他们剪报的手法与内容进行调查。

21-11

“朋友，我想和你说，如果是使障眼法，我完全可以手淫，用不着专门去找一个女人。”李伟说。“难道手淫也戴套吗？”我抢白道。他脸红起来，过了很久才说：“是啊，我习惯手淫戴套，你不知道手淫有时比做爱还值得去收拾。”

21-12

“我完全懂你的意思。”我说。盖靖华没完没了地在我面前哭。我未曾想她这么做的目的是要唤起我的怜爱。“延品，你还记得小时候我们在一起的故事吗？”她说。我不记得有啥故事，只记得自己还在地上爬着寻觅食物时，她已经背起书包上学去了。她路过我家门前时，马尾辫在曙色中跳跃着。走廊此时太过寂静，因此她的哭声显得格外吵人。收发室的老人草草收拾掉各人放在门前的纸篓，下楼了。人们作为潮水中的鱼流，涌出单位的铁门。她止住眼泪，坐上我面前掉了漆的办公桌，屁股不停地向身体右侧挪移。这样她就能和我面对面了。她冰冷的双手抓住我的脑袋（弟啊，弟啊，邻居家的弟弟啊，我听见她这样轻声呼唤），让我的鼻尖穿过她拆开纽扣的制服，隔着保暖内衣去嗅她那凹陷的腹部。她激动地忙活了一阵子后，猛地推开我，开始脱裤子。制服的裤子就着内裤，一起推下来，推到快到膝盖那儿。“我不知道该怎么开始，我就直接来了，你来肏我吧，快点。”她说。看起来经过这些天的历练，久旷的她已尝到性的无尽好处。也许她的上司只是觉得两人既然一起出差，一男一女，就应该发生点什么，却未曾想点燃的却是她身体内觉醒的大火。现在我都怀疑她是不是就是传说中的性瘾患者。“对不起我，这样的男人就应该去死，所有的男人都应该去死，死绝。”她滔滔不绝地说。“你得把裤子完全脱下来。”我提醒道。她瞅瞅我，将裤子完全脱下来。又要弓起腿脱袜子，我说无须。我的阴茎极不振作，蜷缩着，怎么都硬不起来。我带着聊胜于无的兴奋，不时翻动包皮，使海绵体多少增大一点。最后它勉勉强强被推进她颤抖的根根清晰的阴毛遮盖下的阴道。她开始幼稚、老气横秋，同时极其认真地叫床。“别吵。”我说。于是她便无声地掐我，将我掐得遍体鳞伤。

21–13

当我来到仍在营业的老沔阳餐馆，想寻找更多能佐证李伟有罪的证据时，看见李广堃头发散乱，半躺在他儿子及他手下女服务员曾经借以结欢的沙发上。独子被捕使苦熬暮年的他苦不堪言。我们作为不吉祥的使者反复光临，也使他越来越烦躁。有很多年，他高视阔步，不可一世，然而现在却要屈身于物议之下。抓捕行动调集了市区的过半警力，同时邀请到湖北卫视公共频道及仙桃本地一台、二台一共四台摄像机全程跟拍（仙桃一台还派来转播车）。李广堃感觉自己家族几代人建立起的好名声一夜间便被这次代号为“亮剑”的行动给抹除了。根据他极为任性的要求，我们没有通知当时还在异地出差的盖靖华，但是盖还未从回程的高铁下车，便已知悉全部端详。从某种程度说，她已获取丈夫颁发给她的为所欲为的通行证，无论结论是哪一种：是他已经触犯刑法，还是没有。“至少有一点是肯定的，那就是他背叛了我和这个家庭。”她拉扯着我的袖子，着急地说，就像我对这件事很冷漠一样。在这一年之中天气最差的一天之中，李伟坐在餐馆二楼办公室的转椅上，手持一杯红酒，貌似镇定地看着烟雾弥漫的窗外。这样的天要比夏季早黑上三四个小时，也就是说，到下午五点——有时甚至是四点三刻——一天就要宣告结束了。“而我还是一事无成。”李伟痛心地跟我们说。因为天气太过阴惨，兼之是星期天，餐馆一上午没迎来一位客人，李广堃也不知游荡至何处。中午，李伟下楼与员工共进午餐，他和所有人都说了话，就是没和纪晓华说一句话，然后被迫返回楼上。他将正对着二楼餐饮区的两间办公室的这一间的门虚掩着，继续束手无策地坐在办公桌前。有几次他想直接走下去，向那女服务员宣布："上来，我要和你说几句话。"然而如果他具备如此的胆识，也就不至于要延宕到现在了。负责清洁的马玉冰阿姨探头探脑地推开他所在办公室的房门时，他不知为何语气很重地说："夜黑下班时再打扫嘛，马姨。"然而这并没有挡住马阿姨捉起废纸篓——还是单手捉起的——凑近看了看。这名长着铁灰色头发的老妪有着一双为生计所迫的犹如炭火的锐利眼睛。每次当他自以为是地提着垃圾袋下楼时，她都会出面拦截。她当着他的面取出可以卖到废品收购站的矿泉水瓶或者烟条盒，恶狠狠地教育他。时间走得并不比往常快，或者慢，但是它一刀一刀地，还是使他感受到来自它残忍而无情的割划。接二连三来了几拨客人。"有了客人，你不能不接待，对吧。"他说。给他这一日辛苦等待带来致命一击的是卖鞋的晓荃，这急性子的姑娘将晓华叫出餐馆，邀她一起去买打折的衣服。只用了几分钟，晓华便褪尽工装，穿着黑丝袜出来了。然而就在她要和卖鞋的晓荃一起出发时，她——他未来的情人——想到他。她朝这间办公室仰望过来，发现他像一名阴郁的特务站在窗前。像猫一般轻盈的她又返回餐馆（在讹诈信上，"餐馆"被写作"氿馆"，"帮忙"被写作"邦忙"，"酒"被写作"氿"。那是一张现今已废弃的工会信纸。字的笔画特别直，显然是在尺子的辅助下一笔一画写成的。这样写字虽然费事，但无疑会逃过笔迹检验。“沆”“邦”“疒”等这些字属第二批简化字，一九七二年酝酿，一九七七年公布使用，次年便告停用，但要到一九八六年才宣布彻底废止。对于一九八一年出生的李伟来说，也许听都没听说过这些“二简字”，这也是对他最为有利的证据。如果仅从字面意思判断，讹诈人应该是一名穷愁潦倒的老人）。

21-14

二十四岁的纪晓华穿过所有同事视觉的盲点，闪回餐馆，上得二楼。这是她最为热衷的游戏之一。羚羊挂角，无迹可寻。后来，透过安装在办公室那扇门里的单向玻璃，无声行欢的他们看见她的两位同事——秀季和金一——上来收拾餐具时，还说，她纪晓华就知道借故出去。他顶着她，口内衔枚的她被迫推着桌子。“你差点把桌子推倒了。”后来她跟他这么说。她蹑手蹑脚回到餐馆，从正仰望着悬挂型电视机的厨役郑本宝（他正徒劳地摁着没什么电的万能遥控器）的身后走过，并绕过那就快要顶到她腹部的佝偻着背的马阿姨，后者眼如炭火，正恶犬一般在地面嗅来嗅去。如果这时开了灯，那纪晓华的影子就会擦过正凑着脑袋玩一部手机的营养不良的秀季以及小麦色的王琪。另一名厨役，那瘦高杆子，牙齿坏完了的郑福利倚靠在通往厨房的中门边，将右手食指与中指夹着的卷烟移送到嘴边。他总是在思考自己在团队中的位置。上楼后，她悄无声息地来到那洞开的办公室门前。李伟，可以算是她半个恩主的人，此时全身燥热不安，额头流满汗汁，正虚弱地等着她。屏帷业已拉开，挡在窗前。“我可以进来吗？”她打着手势问。“有什么事？”他没好气地问。“我想去淘几件衣服。”她说。“好吧，”他说，并补充道，“要钱吗？”“不需要了，谢谢你，伟哥。”她同情地看着这看起来病了的男子，手指翻卷着衣角。“那好，你去吧。”他挥挥手。他这么说时，身心全然虚脱起来，觉得一切全他妈完了。他紧闭住眼，一拳砸向桌面。我们关心到这一步的人都笑起来。然后他像疯子一般站起来，恶狠狠地说：“你一直喜欢我是不是？对不对？”要将这句话领受完，她才掉转过来，点头说：“对。”此时，卖鞋的晓荃已约好卖煤气灶的文君一起走了。

21–15

回忆那一场余温尚在的风花雪月的事，使李伟热泪盈眶。在经过最开始的试探与犹犹豫豫的互相授予之后，他们像饥不择食的犬彘，凶残地吞食彼此的津液。然后他那一只手从上至下，摸向她随着呼吸一起一伏的膨胀的乳房、像饱食孩童一样挺得圆滚滚的小腹（他的指尖在她的肚脐旋转）以及早已浸濡且鼓蓬蓬隆起的阴户。她瘫软得几近不省人事。他拉下拉链，引她洁白的小手去扪弄。她对他百般奉承，捧定那阳物，往嘴中就吃起来，而后又在行欢途中舔他耳根，松软地问："喜欢吗？"他在讯问室内怪异地模仿她的腔调，以使我们也能体会到这种全身起鸡皮疙瘩的感觉。对此，我们并不觉得滑稽。"喜欢。"他哭着应承。"喜欢你就到最里头去。"她软绵绵地要求，同时抠住他精赤的脊背，两腿夹紧他的臀部。他们试了几种姿势，几番他都要丢了，被她劝止。她说："哥，等我会儿。"最终在她马爬着往来自动时（李伟记得自己每顶一下，那结在她脑后犹如堆了一朵黑云的浓密头发便会跟着颤晃一下），他一泻千里，畅美而归。他射了有平时三倍量那么多。他端详着她受难的姿势，泪水呈降雨之势，打落在她白光闪闪的腰身上。后来等她翻身时，他看见她脸上也像是被泼了一盆水。我从未在人身上经历过如此大的信任，他郑重地跟我们说。后来在调查纪晓华时，我们都目不转睛地看她。刚被盖靖华侮辱以致头发上沾满灰尘的这名乡下皇后（盖靖华认为自己受到纪晓华的侮辱与损害，从而去损害和侮辱那只是自家店面服务员的纪晓华），穿着红色呢子短裙、黑色丝袜，背对着我们，长时间一言不发。她说是自愿与他发生关系的。哪怕最后被证明在整件事中，她只是一枚被安排的棋子，她也认了。她很固执，害怕别人将事情复杂化。“我就认准一点，我只是说，伟哥你的头发太颓废了，他就将头发理了。我就认准这一点。多了的事我不想，你们说了我也不懂。”她说。

21–16

李伟说，他人生最大的失败就是听从于懒惰与害羞，由着别人将自己的亲事定下来（“没想到你们还是同学呢。”媒婆说）。如今一想起妻子，那个比小姐还要虚伪、俗气的人，他就作呕。

21–17

这是一次极其愚蠢的行动。行动尚未开始，差不多就已在半个城区泄密。好些市民专门开私家车过来，龟缩在窗后，举起望远镜，一动不动地望着事件中心。消防车及救护车早早开到现场，司机打开驾驶室的门，接受人们的询问。因为是周日，我们省却疏散学生的麻烦，然而仅仅是将目标所在地方圆二十米的店主劝离，便花去我们一上午的时间。我们不便说要在这儿蹲守抓人，然而一时又找不出别的说辞。在店主撤离后，我们扮演他们，同时扮演顾客与行人。在四通八达的街上（选择在此地取赃，说明罪犯经过反复考虑），到处是我们的人，就连天上也有我们的人。训练多日的狙击手派上了用场：他们卧在楼顶掩体后，呼吸平稳，透过那支口径七点六二毫米的军用步枪的瞄准器瞧着下边。抓获李伟后，我们感到吃惊。因为李伟惯于活动的老沔阳餐馆距此还不到一百五十米呢。如果他足够机警，足够专注于所犯的罪行，他就一定能瞧出今天这地方的异常来。最明显的不同是，平时这里半空中总是悬浮着的令人烦躁的喧闹声，今日没有了。正因为如此，我们中的一些人判定李伟不是作案人。他们建议再观察一段时间，看在控制李伟期间，是不是还有新的恐吓信出现。有一些人则认为，事情已闹到打草惊蛇的地步，此时纵有李伟之外的嫌犯，也不会再采取什么行动了。

21–18

平时，我们总是嘲笑电视剧里那些负责盯梢的特务，这一天我们发现，在反应迟钝与演技粗糙这块，我们有过之而无不及。等到李伟舒头探脑地走进包围圈，我们中的很多人竟然先他而起，慌乱开来。有人在这大冷天抖开阔大的《人民日报》，念念有词，报纸却拿反了；有人举杯痛饮，却忘记杯中的酒早被饮尽；有人仓皇骑上自行车，掉链子了。李伟一路走来，就像是一一摁开机关，使我们这些僵硬的木偶人都跟着活动起来。他右手插在裤兜里，匀速朝五株小叶黄杨球——有很多单位、小区都栽种这种便于修剪的常绿灌木，人们总是在路过它时，咔的一声，将存痰吐过去——的第二株走去。此株黄杨球对应一杆路灯。与讹诈信里指定的地点完全符合。他停在这儿，左右张望，然后半转身，茫然地想了一会儿。他转身时，我们起码有五名同事也赶紧转身，咦，咦，咦，装着是在路上寻找什么东西。接着他抽出插在裤兜里的右手，弯腰去黄杨球后探查什么。有人猛然从空中朝下剁了一下手。这是指令。所有警察在这一瞬间拔出枪，或站着，或蹲着，瞄准那仍弯着腰的前外企员工。"举起手来！"长官的喊声在相近小区的墙壁上撞了一下，产生回响。穿着银色西服的李伟，像是被人猛然推醒，全身抖动了一番。继而，他举起双手。在他右手中间，滑稽地抓着一只足足装有二两精液的粉色避孕套。"转过来！"于是李伟缓慢转身，尿液已经从他的裤腿淋下。从楼上瞄准器里射出的两道红外线分别对准他的额头及锁骨，有时它们敏捷地交换一下位置。毫无疑问，他感受到它的阴森恐怖。他的皮肤就像正在承受射线的烧灼。他脸色煞白，全身心地发抖。旧的一泡尿在裤裆那儿还未停止洇开，新的一泡又从内裤中渗出来。“跪下！”于是他跪下。

21-19

“你得到过警告，你没有听从，你会因此受到更严重的警告。”发往杨玲老师那儿的恐吓信越来越急躁。有时上午的信还没拆开，下午的信已送到。就像事主急着要用这笔款子，留给他的时间已然不多。不知怎么，我想起守候在弯道处的接力赛选手，他们一边摆好起跑的姿势，一边迫不得已继续等在那里。“起先，我只敢相信它是玩笑，（后来）没想到真的砸碎玻璃，找上门了。”杨玲老师说。她生有一头浓密且富有光泽的白发（简直像外国女郎长的金发），去年刚切除一处肿瘤，是一名自处能力极强的退休教师。现在，几封写在廉价信纸上的恐吓信将她吓成一名衰朽、可怜、孤立无援的老妪。写信人在写信时，简直是将她当成可以任意宰杀的小虫子。

21–20

“我只是到这儿来丢掉避孕套，”从李伟口中交代出来的是一件让他看起来极为难堪的事，“我不知道应该把它扔在哪儿好，我曾将它扔进废纸篓，但又捡了回来。”我们没有在信件上找到他的指纹，也无法找到可供分析的笔迹。没有证据表明，他来到黄杨球下，是为了取走受害人放在那儿的黄色信封（我们在信封内塞入折叠的报纸替代纸币）。我们私下对指挥官埋怨不已，如果他稍微控制下激动的情绪，晚那么一秒钟再喊，我们就能看清楚李伟下一步要干什么了。后来我们向李伟暗示敲诈的细节，他只当不知。“丢哪儿都不合适。”他像智障那样强调道。虽说就在纪晓华下楼的同时，他们之间的关系就已在人们心目中不言自明了，公开了。餐馆及街道的单身男性痛心地观察到，他们心目中的皇后，当天，有那么一刻，是穿着黑丝袜的，然而当她这么一步一步、志得意满地走下楼时，双腿却是光溜溜的。这场丑闻已无法停止它被传播开的命运。然而李伟为着慎重起见，还是将那一袋精液藏匿于裤兜，捎到较远的地方去处理掉。

21-21

现在的情形是：我们想证明李伟是敲诈者，却缺少办法。在李广堃将李伟取保回家后，我还是找到一条证据。我发现，这次勒索的金额，是盖靖华全年工资的两倍。是，而不是约等于是。然而这不是最有活力的证据，或者说它只是一条提醒型的证据。我决定，在这一任上级调走之前，绝不将它说出来。

忘　川

在这过于光明的日子，春卿牵着爱驹来到此地。后者一身枣红（独膝骨处墨黑），肌肉紧绷，微微颤动，皮肤滑溜、娇嫩、敏感，像是连最轻微的风也难以抵御。高贵的它不停打着响鼻。春卿的娇态有过之而无不及。他友好地看着那些看着他的人。来自他们的牛虻般的关注带来的纵然不是不安，至少也是惶惑。春卿从他们的目光中分辨出，自己并非什么偶经此地的陌生人，他们对他的认识根深蒂固，他们现在关注他，完全是因为他有什么事而他自己还不知情。他们望着他，犹如明眼人望着那歪歪斜斜走向深渊的瞽者。因为由来已久的衰竭，春卿找到一处石梁坐下，轻挽放长的缰绳。马蹄慵懒地踩向细密松软的黄沙，树荫漆黑如幽潭。他感觉自己只是刚被许可来到室外，然而一走就走了这么远。

起初，他还以为是自身的善感召了他们呢。

他是握手、吻脸、拥抱这些放下兵戈的礼仪的发明人，是主动示好于人的象征。

那些人踩着无声的脚步，从各个方向凑近他，开始他们惨痛而寓意深重的舞蹈（一开始当他抵达此地，他就觉得自己走入的是一种舞蹈：在他——剧中的英雄——降临后，他们，所有的行人与驻足者，开始像蝴蝶绕着他起舞。他感觉自己是一把钥匙，开启了他们）。他们的手像是比往常伸长两倍，有时能听见统一甩下衣袖的声响。广至一尺有余的白袖抖上去时，像是有一千面镜子反射向阳光。他悄然转动着脑袋，看着这分明是针对他、向他告白的舞剧。[1]他们因为陷入深刻的喑哑而变得焦躁，这种焦躁灌注到他们的每一个动作中。春卿从这集体的舞蹈中看出有些人只是滥竽充数，他们就像是被某种道德义务绑架而来，然而这样的人不多。人们想向他说出点什么，那一定只需要一两句话就可以说清楚，然而纪律让他们变成一组哑巴。世界就像是无声的，直到天空传来乌鸦突兀的惨叫。他们不时望向身后，就像有手持刀锯的监管者正走来。有时他们仓皇散开，然后又在明白这有充分根据的危险看来还不会马上成为事实后，重新聚集于春卿身边。*即将发生在我身上的，到底是一场怎样的灾难呢*，春卿微笑着看过去，想，他们到底要告

---

1 “像在火光中我们看见了火星，像在合奏中我们辨别了声音，假使一个定着不动，而其他来来往往”（《神曲·天堂·第八篇》）。参见王维克译本（人民文学出版社，1983），下同。

诉我什么呢？有时他们频繁指点他人的动作，仿佛在说，就是那样就是那样，有时他们自己抢过来反复地演示它。要不是他们的表情过于凝重，春卿一定会为这些滑稽的动作发出笑声。春卿感觉他们已经提醒到极致了，然而以自己接近白痴的脑袋，还是猜不出端倪来。一部分人期待他站起来，朝前走，另一部分人则惊慌地摇头，仿佛这样做了只会加速悲剧的降临。他们手脚的繁忙与紧闭的嘴唇形成鲜明对比。

春卿重新坐下，被迫去思考（他总是不愿意去思考自己的事情，除非他感觉这样的思考有助于他人）。首先，他感觉他们认错了人。他基本可以确定自己是头一次来到这里，只是借道去洗马，然而从他们的神情判断，他至少已来过这里一次，甚至，他就是这里的人，从出生起就没有离开过。他们，包括觅食到足前的小狗、蜷缩着身体伪装成缺肢人的乞丐、容易被外乡人传染的低抵抗力病人，对他是如此熟悉。这种熟悉是如此自然得体，根本不是伪装就能伪装出来的。接着，他怀疑起自己所处的实际环境来。他想去拥抱他们中的某个人以确定这里不是鬼魂的世界。据说当你去拥抱鬼魂时，会扑个空。他扳着自己的指关节以确定自己还没有死。又或许，这里只是被他遗弃的一处梦的遗址。这种来自主体的遗忘，以及被遗忘的客体对它自己的封存完好，有如遭遇火山灰淹没的庞贝城，十八世纪中期，当它重见天日时，人们看见公元七十九年八月二十四日中午的竞技场、剧院、步行街、面包甜品店、酒吧仍然在等待他们。遗忘总是无情而坚决。庞大的没有上与下、左与右、宽与高的漆黑的宇宙，为我们每人预留了梦的垃圾场，我们很少去（或者说很少有能力去）造访那里，翻阅我们曾经拥有的这笔财产。每一个在昨夜造下的轰轰烈烈的梦，都像被吞没进沼泽的巨兽，在今晨消失得无影无踪。沼泽上空飘浮着一层因为饱食留下的餍足的气体。也许，这一次，我又回到了曾经做过的梦中，春卿想。春卿据此以为自己找到了他们兴奋与躁动的原因，兴奋的是他终于回来了，躁动的是他们又分明看见他回来的危险。他为他们常年守候于此而悲伤。他想到上一次的归来，想到自己在四根柱石支撑的日常世界，平安地活着，却忽然为一件不可捉摸的事痛苦，像是丢失了什么，又或者是有什么任务没有完成，它是如此重要，以至于让他心急如焚，然而它是什么他又不知道，直到有一天当他抬头，看见启示像幽灵一样从树林上空遁走。他忽而想到：有一个人时至今日还在梦中等他，作为一言九鼎的人，春卿曾经承诺，一旦找到对方需要的东西就会马上返回。在经过多次极为痛苦的尝试后，春卿侥幸回到那曾经鸟语花香的梦境。在奔向那仍旧伫立的等待者后，他发现对方死了，苍白干燥的皮肤已然坼裂，眼中曾经充满的血如今萎缩成眼窝内的粒粒红土。

我做了无数个梦，留下无数个这样白白等待的孤儿，他们在等待中和城楼、旌旗、丢在瓦砾间的钢盔一起风化，直到几万年后才彻底解体，春卿想。他就像那些长时间盯着压在水晶中的草脉的术士一样，苦苦思索着自己曾经在这块热带土地上的经历，以判断出他们的吁求（就像要将封锁在他们嘴中的困兽释放出来）。对他这好心人来说，重要的是缓解他们的这种痛苦，而不是挽救自己可能遭遇的漆黑的命运。

思索啊，它是如此让人焦虑、无助、疯狂，让人如此不愿经历，然而一旦缠上又像是中了祟，甘受它的摆布，它艰苦如在宽广的沙漠寻找一根可能已经错过的金色兽毛，绝望如在大海探找原本就不存在的银针。对记忆频繁的搜刮，使思考者伤痕累累。有时，来自思考的荒谬性体现在，事主就待在沉重大门的这边，而几尺之外，千军万马正一次性、永远、像漏斗中的沙子那样坚决地消失掉。蹄声是那么响，思索的人伸长脖子谛听，然而他所沉浸其中的世界过于寂静，终于还是使他决定再等下去。有时则体现在：冥想，终于结出了点果子，就像击打石块，终于在湿漉漉的草上弄出一点火星，事主为此变得疯狂，然而来自记忆世界的这一丁点信号很快又变为无用的灰烬。其熄灭的速度甚至超越它闪耀的速度。这种快捷与不可捕捉，就像一只飞鸟从窗前猝然飞走，或者小鱼甩尾，游向水底。这种快[1]带给人的与其说是希望，还不如说是强大的一无所有的凄苦，使人忍不住想号啕。不少人守在启示消失的地方，对着眼前一成不变的事物发呆，寄望启示的再度出现。他们愚蠢地以为眼前这些事物就是它们出现的条件。有时，人和他们试图要记起的事物，相隔是那么近（啊，马上就要记起来了，一定会记起来的，他们是如此坚信），就像分割开赛斯多（Sesto）与亚皮笃（Abido）的爱来斯浜（Hellespont），最窄处只有一点二公里，对岸的事物翘首可见，然而就是无法抵达。统领百万之师的波斯王薛西斯曾下令鞭笞此海峡三百次，而为着去会见亲人爱罗（Ero），一个叫刘昂独（Leandro）的青年在爱来斯浜的风涛中溺死[2]。

春卿什么也没能记起来，无论是过往可能在这里的经历，还是同他们的关系。他叹息近一段时间以来的睡眠太好，有时醒来都不记得是否做过梦。他对他们耸耸肩。适才，他们中为

1 “像箭一般快，在弓弦的颤动尚未停止以前，已经击中了靶子”（《神曲·天堂·第五篇》）；或者，“简直和你们抬头见天一般快”（《神曲·天堂·第二篇》）。

2 但丁云游到地上乐园时，他和他追羡的仙女马德达（Matelda）之间不过隔了一条小溪，距离三步光景，然而，“至今仍为人类骄傲的约束的爱来斯浜之见恨于刘昂独，因为赛斯多和亚皮笃之间的波涛汹涌，也并不超于此小溪的见恨于我，因为那时尚未可以交通”（《神曲·净界·第二十八篇》）。

首的那几位，向后伸出手臂，示意围观者尽量不要弄出动静，以防干扰到正在苦思的春卿。有几次春卿看起来若有所得，他们便快速地互相看去，将这喜悦传递向外边，但是春卿随即又否决了。春卿对那穿着盛大华服的垂老的小丑特别感到抱歉（也许维持住身上的这一套衣装是他终生活着的目的），后者总是像少年那样不知疲倦地绕着他飞舞。飞舞，飞舞啊，就像那讨好的飞舞中藏着什么明显的答案。也许这是春卿家世代以来的玩伴，是最忠诚的仆人及最后的宠臣。小丑的脸上有着公事公办的笑，又有着作为私臣那愈发浓重的悲伤，汗水犁开他一脸的粉末。春卿感到疲累，后来他满心想的是洗马。洗好马，骑着它在日光中奔驰。他听见海浪的声响，一次一次着陆在沙滩上，这是陆地与人类的尽头，一个王国最后能到达或者说最后能退缩到的地方。他甚至听出海在今日的颜色。他将和这匹叫庚子的高大、天真又血淋淋的宝马，精神饱满地穿过花果包围的小道，将足迹留在一处晒满盐的沙滩，抵达撒满金币的海水。在他起身后，围观者像树枝被狂风吹动，或者水草被仓促而至的溪流冲击，朝他倒伏过来，然而又在他走过去后，给他让开道。从这以后，他们的步伐变得尤为沉重，像是套了脚镣。他们拖动自个儿，痛苦地追随他，直到来到那犹如一道军事防线的矮树丛旁。在那里他们停下脚步，一个个将双手捉在胸前，半是祈祷半是惊惧地看着他走向一道长长的缓坡。他们的眼神是那么透彻、明亮，又是那么无助。对春卿来说，这是再平常不过的一段路程。通过路边停用的水磨可以知道这里曾经有一段引渠，白色的大轮子被晒得发裂，但在观看者那里仍保持着转动的错觉，仿佛还能听见水响的轰鸣。一块锈迹斑斑的铁牌钉在巨石旁（在春卿脑子里匆匆闪过一个人物，后者狼狈地藏到石头后边。哈哈，人人都想到这儿藏一会儿，春卿想），上边的字已褪隐，只留下一点松石绿的漆痕。在石缝间插着一根折断的灰白箭杆，折断处仍旧连接着，颜色发黑。

他们眼巴巴看着他匀速走下去。几步过后，他跨上马，和它一起摇摇晃晃地朝着被光线吞没的大海走去。叹息从他们的肢体上散落下来。他刚刚经过一片被血浸满的土地，却毫不知情，他们想。苍老的小丑无声地扑在地上，不停地，孤独地，发疯地翻滚，直到到达力气的顶峰，气绝而亡。在即将走过那块重要的石头时，春卿还故意转过身来，朝他们望来。是吗？是这玩意儿吗？他仿佛这样说，你们瞅啊，这东西很简单啊，没什么。他这样望着他们时，他的爱驹正缓慢而坚决地朝前走，拖动着他也朝前走。

他没有通过测试。

王草笠布屐，衣衫朴素，仰面望着太子策马而去。光在海面投下一层金黄，像有数位隐身的巨神驻足于此，有时他们会在闲议途中对岸上的人世斜睨一二。海水中，栈桥尽头，矗立着一处楼阁，是王年幼之时，父亲猿田为他建造的，多年过去，仍然鲜红一如伤口。“这些劳民伤财、中看不中用的东西，只会断送王朝的未来，逼着一国之君和他的臣民去做阶下囚。”每隔一段时日，王都要来到建于盐地高处的草庐，对着海水中升起的堪为建筑史上最大奇迹之一的楼阁痛悔。之所以还未拆毁，是王想让它成为流着王室血液的人（他们最易堕入享乐的旋涡）心中惶惕的标记。猿田为它起了和王一样的名字，王后来将之更名为亡国楼。

“每次见它，心中倍感触目惊心。”

在他这样说后，起居郎匆忙将之记录在案。王继续乜斜着眼，看着自己的骨血迎着万道光芒走去。人和马像是在一张画的平面里上下蠕动，直到过了一会儿，二者猝然变小一截。臣民们跟着王看过去。对他们来说，最恐惧的时刻已过去（他们眼瞅着春卿从国耻之地神情冷漠地经过），令人悲伤的结论已产生，目前剩下的就是接受事实了。他们已竭尽心力。刚刚他们一窝蜂围着半死之人飞舞之时，王是知道的，王知道而不加以制止，恐怕还是期待他们这热闹而又沉默的暗示能起点作用。

然而春卿证明了他就是一名完完全全的白痴。现在，尽管王允许他们说话了，他们还是缄口不言。王端详着他们，发现：

春卿的继母面色平静，斜视他方；

春卿的表姐，那头缠白纱的两个孩子的母亲，右手无力地搭在故意磨坏的雕栏上，忧心忡忡，几乎是哭丧着脸；

断了鼻梁的阍者戴着红色绒帽，站得笔直，努力不去想这件事；

来自友邦的使节鼓起嘴唇，真诚地表示遗憾，他抬起眼神表明他在思索，他也是名王子；

披发的司铎双手合十，念念有词，身前摆着翻开的经文；

大理院正卿褫下官袍，赤足站立，神情悲哀，双手合十；

敲钟人老态龙钟，他费劲地想说话，其实是牵动没有牙齿的嘴唇；

侍郎抓紧手中的公文，眼睛追随着海边的活死人移动；

豁齿的女巫指着自己的心窝，表示不能忍受那即将到来的痛苦的注视；

烧坏了的上将，脸正在蜕皮，这粗鲁的武夫一边痒得不行，一边辛苦地暗示自己并非如此；

寺庙的来者因为天意在身，有恃无恐，严厉地望着王；

当车夫的缺乏血色的两兄弟，脸色愈加苍白；

年少而个高的士兵拄着长枪，肤色黝黑，正一只手叉腰，克制住自己的战栗；

镇国公眼神低垂，偶尔咳嗽，双手落在膝前摆放的布面封皮书籍上；

起居郎蘸好墨的笔尖落在刚刚记录的最后一笔上；

相国呢，是个乐观主义者，因为王允许太子走的时间过长，微露喜色，以为那残忍的命令终于还是从一位父亲心中撤除了。他一定在努力准备说辞，以缓解王在反悔后所注定要面临的尴尬。

我要此人死他就死啊，要他活他就活，要他活多久就活多久，要他什么时候死就什么时候死，王举起单筒望远镜，看着儿子对着刺眼的光张开双手，缰绳在其手里高高举起。这样想，这并不是什么疯子的消遣，人必有一死，我只不过是秉承上帝与父亲的旨意，来处死一个无药可医的人罢了。春卿偶尔回头，朝这边的人示意，像是说：这儿有一片大海呢。春卿长得是那么好。长得好在过去是令人艳羡的事，如今却成为致死的因由。他的鼻子意外地长，鼻尖似巉岩，伸到上唇前，这是他相对于自己的兄弟，材质非凡之处。然而其他的，像修长的眉毛、剪得过于精致的八字胡（它们像两道被挽在帘钩上的青帐）、细密的络腮胡，以及俏丽和充满热情的眼神，甚至羞赧的性情，都显示出他早已背离家族的军人背景，只想着在文墨的路线上偷安下去。他生就宽阔的肩背，搭在上边的衣服及饰物却像女人那样烦琐而讲究。他戴着艺人歪斜的帽子。有时，角斗士受命来到宫殿，与春卿比谁的脖子粗。春卿的脖子比脑袋还要粗，然而它却过于粉嫩、白皙。这显得很滑稽不是吗？白白的像瓷器一样的大脖子。

“你们过来，说说看，他该不该杀，值不值得杀。”

这时与其说是王在征求意见，还不如说是他在传递一种意志。十几名穿着驼色短衣的使役高举起小弯刀冲向海滩，一名拖着长柄斧头的刽子手不紧不慢地跟过去，他每走一步，都要留下一处半尺深的脚印。臣民们低头，有的面前清晰地掉下泪水。“他死之后，抬到殿前，让我用手指碰碰。”王一边咳嗽一边说。而后他让“苍白二兄弟”中的一个推起独腿木轮车。他就坐在这光溜溜的总是让乘坐者颠簸得难受的车子内。全凭了轮值推车的兄弟俩技艺高超，王一次也没从简陋狭窄的木轮车上摔下来。“这样记录：太子应当死，因为他有罪；他之所以有罪，是因为他当了享乐的臣民。”王对起居郎说，并看着后者一字一字记录下来，不曾错漏。

在这悲怆而执拗的时刻，王想到自己为奴的十几年。大汗的手掌要么总是握着他的头，要么就是对着他的后颈反复擦拭，死亡的威胁常使他冷汗迭出。他拖着残腿，在汗周围滑稽而勤奋地奔忙，直到汗相信他像狗那样彻底驯化了（后来，像他所应允的那样，在返回故国之后，每年汗国有节庆，他都派遣庞大队伍，入汗国都城称臣，朝贡，奏奉圣乐）。是汗押送着他回国的。汗在王的国境内举行了一场毫无节制的欢宴，王手持蛮族的皮鞭，向自己的人民搜刮最后的粮食，给汗烧酒。而汗，每日为着打发过于慵懒闲散的生活，着令王捕来自己的子民，倒吊在海边竖起的礫柱上，随意刺扎，最后任受难者在潮水涨来时溺毙。

“我的心肝，”有一天，汗说，“你叫什么？”

“我叫田春。”王说。

“你是谁的儿子？”

“我是汗您的儿子。”

“再说一遍。”

“我是立万世基业的大汗您的儿子。”

汗因此释放了王。

这是王第一次从惊惧中缓解过来，赢得喘息的时机。

这场持久的惊惧诞生于一个像今日这样风平浪静、国泰民安的日子。蛮族人的马队像浓云下的阴影，笼罩向王的国土（后来据马匹上的人自己说，他们也不知道是怎么闯入这桃源的，好像只是路过）。第一箭，他们射中巨石（箭镞没入石中），第二箭，贯穿试图躲避到巨石身后的猿田。王在他们身上闻到太重的牲畜味道，王的心跳比他们骑下反复奔跑的马蹄还急。

王在回忆时，泪花滚滚。太医认为他活不长久。死亡是如此迫近，然而复仇看起来仍遥遥无期，王就这样走回宫殿。在穿越广福门时，他下车，前脚蹬一步，后脚跟着晃那么一大圈儿，这样极为艰难地移过去（当初，逃亡时，他从高崖跳下去，听见一种重物落地的声响似乎发生在远处，心里却又对未来有了一个清晰的掌握：从这刻起，他永远、不可逆地残废了）。那些脸上涂满炭黑、森绿、藏蓝、赤铜诸色油彩的活体罗汉，站在铺设于门洞两侧的香案上，猖狂地对着他叫骂："龟孙，龟孙，你忘记了你爹跟你说的吗？"

"没有。"王咬牙切齿地回答。

"你爹是怎么跟你说的？"

"我爹临死时说：'田春，你忘记了是查干（汗）杀害你父亲的吗？'"

"你是怎么回答的？"

我回答："不敢。"

趁着王惶悚之时，他们齐齐向王射来恶臭黏稠的唾液。王躲避之时，他们喊，抬起头来，王因此抬起头来，用脸面将这些污秽的东西一一承接住。等他们吐完了，他才继续倾斜着身体，在他们的连声叫骂中走过去。等他走过去了，他们才开工吃饭。他们穿着沉重的盔甲，常年在此轮值，有人送膳食过来。有时王因为羞愧难当，而逃避从此经过。有时王会枯坐于某处暗室，自暮达旦，思考王国及自身所经受的劫难。他在孤悬的山峰后秘造一处水池，为着有一天能灌满蛮族人的血，将汗的头颅浸在他们自己那一族的血浆中，只要思想一触到这复仇的场景，他便通体战栗[1]。

此时，海边传来马那让人撕心裂肺的叫声。它就像陷入噩梦，弓起前腿，直立起来，数名操刀的使役粘在它身上，有人向后紧紧拉扯住缰绳，有一人双腿夹住马的腹部，不停刺杀它。到处是血洞。他们大张开嘴，并在饱饮之后用长舌舔舐双唇。太子春卿是在逃亡时被自己绊倒的。刽子手扯开他的领口，使他露出洁白的肩膀和脖子。刽子手一斧头剁下去时，斧刃闪耀着日光，很多人觉得自己瞎了。春卿蜷缩的双腿猛然伸直，死去的身体向前扑了一下。因为脖子太大，是啊，太大，这一斧

1　玛撒该塔伊（Massagetae）人的王后、寡妇托米丽司（Tomyris）在找到有灭子之仇的波斯王居鲁士（Cyrus）的首级后，对它说："你是渴于血，所以我浸你在血里！"（《神曲·净界·第十二篇》）安息王奥罗德二世（Orodes II of Parthia）将冒犯其疆土的贪财好利的罗马驻叙利亚总督克拉苏（Crassus）的头颅浸在熔金之中，说："君渴于金，请饮金！"（《神曲·净界·第二十篇》）

头并没有完全剁开，反而是将斧刃吃了进去，因此刽子手用脚踩住春卿汗湿的头颅，使劲摇动着斧头，将它拔出来。第二斧见证了他的功力。白痴的脑袋滚向一边，海滩上的血，像敏捷的虫子钻向土地之下。

“我给过他机会了。”王说。

阍者推开正殿那两扇箍了铁皮的高大的门，枢轴转动，整个大殿传出嗡嗡的巨响。殿内四面墙上，写满文臣武将誓师的诗文以及各种“仇”字。丹红的楹柱只贴了上联：父仇未敢片时忘。王走进去时，听见整个王国传来巨大的喟叹声。太子的乳母匆促从暗黑中闪出来，王叫住她，问：“你为何叹息？”她说：“我叹息，是因为太子自从坠马以后，就变得什么也不记得了。”

图书在版编目（CIP）数据

情史失踪者 / 阿乙著. —南京：译林出版社，2022.11
（阿乙作品）
ISBN 978-7-5447-9334-6

Ⅰ.①情… Ⅱ.①阿… Ⅲ.①短篇小说－小说集－中国－当代 Ⅳ.①I247.7

中国版本图书馆 CIP 数据核字（2022）第 127231 号

情史失踪者　阿　乙 / 著

责任编辑　侯擎昊
装帧设计　好谢翔
校　　对　王　敏　戴小娥
责任印制　颜　亮

出版发行　译林出版社
地　　址　南京市湖南路 1 号 A 楼
邮　　箱　yilin@yilin.com
网　　址　www.yilin.com
市场热线　025-86633278
排　　版　南京展望文化发展有限公司
印　　刷　徐州绪权印刷有限公司
开　　本　850 毫米 ×1168 毫米　1/32
印　　张　7
版　　次　2022 年 11 月第 1 版
印　　次　2022 年 11 月第 1 次印刷
书　　号　ISBN 978-7-5447-9334-6
定　　价　59.00 元